춥고 외로웠던 길 생활

절실했던 건 비바람을 막아줄 집 한 칸이었다.

그런데 어느 날 서울에서 고양이 냄새 풍기는 캔따개 한 명이 등장했다.

집사는 밥도 주고

뚝딱뚝딱 오두막도 만들어주더니

어느덧 식구도 만들어주었다.

그렇게 우리는 제주도에서 함께 살아가고 있다.

베베집사와 우리의 이야기, 한번 들어볼래옹?

고냉이 털 날리는 제주도로 혼저옵서예

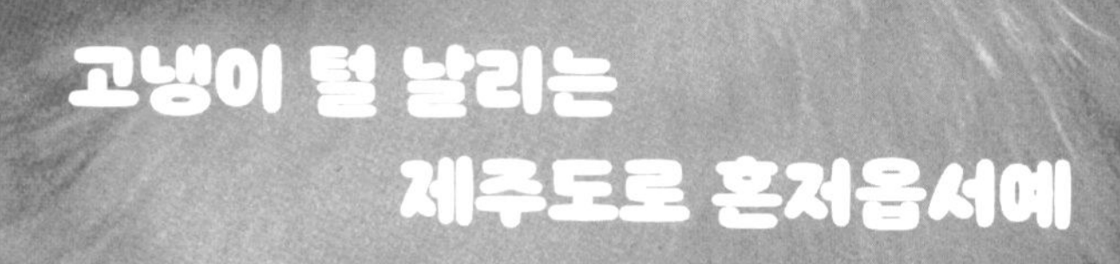

고냉이 털 날리는 제주도로 혼저옵서예

♥ 털복숭이들과 베베집사의 묘생역전 스토리 ♥

베베집사 지음

흐름출판

-목차-

1부.
〈털복숭이들과 베베집사〉에서 베베집사를 담당하고 있습니다

2부.

털복숭이들과의 묘연

3부.

헤어짐과 이별에서 시작된 묘연들

4부.

고냉이 털 날리는 제주도로 혼저옵서예

일러두기

- 책에는 '길 고양이' 대신 '동네 고양이'라는 명칭을 사용했습니다. 《매거진 탁!》 4호를 참고하였으며, 이는 길 고양이를 반려동물과 야생동물의 경계에 있는 동물로서 사람과 맺고 있는 관계를 강조하기 위함입니다.
- 책의 판매 수익금 일부는 베베식당에 찾아오는 고양이 손님들의 식량으로 쓰입니다. 많은 관심과 성원 부탁드립니다.
- 책이나 잡지는 《》, 유튜브 채널명은 〈〉으로 표기했습니다.

1부.

<털복숭이들과베베집사>에서 베베집사를 담당하고 있습니다

1.
게임에 미친 자가 고양이에 미치다

나는 게임 업계의 고인물이었다. 게임과 본격적으로 물아일체가 된 건 2003년 게임 회사에 입사하면서부터다. 그 시절 20대를 되돌아보자면 월드 오브 워크래프트와 롤, 오버워치 없이는 살 수 없는 그야말로 게임 폐인에 가까웠다. 퇴근하면 PC방으로 출근해 친구들과 밤새 와우에서 레이드와 전장을 뛰고 다음 날 아침 출근을 반복하는, 이른바 게임에 미친 자였다.

그렇게 난 게임을 사랑했고 내가 좋아했던 게임 개발사인 블리자드 회사에 취직하는 것이 꿈이었다. 그리고 그것을 이루기 위해 커리어를 악착같이 쌓았다. 인정받는 걸 좋아하는 성격이라 UI 아티스트지만 개발 엔진을 다루는 기술적인 부분의 공부도 놓치지 않았고 기획자들과의 소통 또한 즐겨했다. 아이디어도 많이 냈고, 아이디어 실현을 위해 시안도 직접 만들어 보여주곤 했다. 이런 일들이 부가적인 업무로 느껴지지 않았다. 사람들의 이해를 돕기 위한 일 자체가 나에게는 즐거움이었으니까. 죽은 농담도 살리는 격렬한 리액션으로 팀 분위기를 화기애애하게 만드는 건 덤이었다. 그렇게 나는 어느덧 게임 개발실 실장이 되어 있었다.

이런 게임 외골수에게 UI 디자이너라는 직업 외에 또 하나의 직업이 있었는데 그것은 바로 유튜버다. 유튜브를 처음 시작했던 것이 2019년이다. 그땐 그저 내 고양이들을 자랑하고 싶었다. 그리고 세상에 유기묘들이 없어지길 바라는 마음에 유기묘 출신인 우리 식구들의 이야기를 널리 퍼트리고자 했다.

그렇게 꾸준히 영상을 올리다 보니 알고리즘의 선택을 받았다. 내 유튜브 채널은 순식간에, 이른바 '떡상'을 하였고 하루에도 만 명씩 오르는 구독자 수를 보며 기쁘기도 했지만 한편으로는 무섭기도 했다. 내가 하는 말 한 마디 한 마디에 구독자들이 반응하니 조심스러울 수밖에 없었고 '이거 가볍게 해서는 안 되겠다.'라는 생각이 들었다. 고화질의 영상을 발행하려 촬영 카메라를 업그레이드했고 지금처럼 아이폰으로 편집하다가는 눈이 멀 수도 있겠다 싶어 아이맥을 구입했다.

그렇게 나의 투잡 인생이 시작되었다. 그리고 자연스럽게 게

게임하는 내가 그렇게 한심해 보이는 걸까?

임과 멀어졌다. 퇴근하고 오면 컴퓨터부터 켜 게임 한 판을 해야 직성이 풀리던 나는, 집에 도착하면 카메라 녹화 버튼부터 누르고 있었다.

사실 난 우리 집 고양이들이 하는 행동이 특별하거나 신기한 것인 줄 미처 몰랐다. 그저 귀엽고 사랑스러워서 올린 영상인데 사람들이 관심을 가져주었고, 그럴수록 아이들의 단 한순간도 놓치지 않으려 집 안에서도 늘 카메라를 가지고 다녔다. 고양이들의 모습을 촬영하고 나면 편집에 돌입했다. 물론 털복숭이들의 귀여운 방해 공작으로 이 과정이 순조롭지만은 않았다. 바닥에서 잘만 자더니 꼭 편집할 때면 내 팔에 기대어 자는 얄미운 녀석들 때문에 모니터를 보다가도 자꾸만 시선을 빼앗기기 일쑤였다.

고양이들의 방해를 우여곡절 끝에 이겨내고 편집을 끝내면 새벽 3시였다. 그럼 잠시 쪽잠을 자고 다음 날 출근하는 일상을 2년간 반복했다. 그러다 보니 점차 유튜브 채널이 커졌고 회사에도 알려지면서 동료들이 관심을 갖기 시작했다. 자연스레 유튜브 잘되니 회사 그만둬도 되는 거 아니냐는 우스갯소리도 들었지만 결코 직장 생활을 포기할 수 없었다. 〈털복숭이들과 베베집사〉는 고양이들의 이야기니까.

유튜브로만 수입을 유지한다면 수익이 줄었을 때 더 자극적인 소재를 다뤄야 하나 전전긍긍할 내 모습이 싫었다. 그래서 안정적인 수입원인 직장은 필수였고, 업무에 방해가 가지 않도록 회

마일로는 편집할 때마다 늘 옆에 붙어 있다

사 일을 더 악착같이 했다. 직장 생활을 하며 유튜브까지 유지하고 싶었던 나는 그렇게 좋아했던 게임을 포기했으며, 그 결과 고양이들과 함께하는 시간이 길어졌다. 그러면서 나는 더욱더 고양이에게 빠져들었다.

그렇게 직업인이자 유튜버로의 생활을 꾸준히 병행하던 나에게 작은 변화가 생겼다. 건강 검진을 하다가 담낭에 작은 결절이 발견된 것이다. 별것 아닐 수도 있고, 흔하게 생기는 경우가 많다고 한다.

하지만 이 1cm도 안 되는 결절이 마음에 자꾸 걸렸던 것은 엄마 때문이었다. 외할머니부터 시작되어 엄마한테까지 이어진 간경화와 간암. 우리 외가 쪽은 간이 문제였다. 엄마가 간암으로 투병을 했을 때 이 작은 암 덩어리가 예쁘고 최강 동안이었던 우리 엄마를 어찌나 괴롭혔던지…. 엄마의 임종 모습은 한없이 작고 야윈 모습이었다.

여행하기 좋아하고 북한산 날다람쥐라고 불릴 만큼 등산도 열심히 했던 우리 엄마를 그렇게 만든 암 덩어리가 야속하고 한편으론 무서웠다. 그리고 내 담낭에 자리한, 앙증맞게 생긴 이 결절 녀석이 언제 나를 배신할지 모른다는 생각이 들었다. 이내 하고 싶은 거 하면서 살라던 엄마의 말이 떠올랐다.

'내가 하고 싶은 건 뭘까?'

2.
본격적인 캣따개가 되기로 했다. 그것도 제주도에서

적어도 지금의 삶은 아닌 것 같았다. 그렇게 하고 싶은 것을 찾으려던 찰나에 인연이 닿아 〈김메주와 고양이들〉 채널을 운영하는 메주 님을 만나게 되었다. 고양이 집사라는 공통 분모로 종종 만나 이야기를 하곤 했는데 어느 날은 메주 님이 카페를 폐업하면서 양평에 집을 짓기로 했다는 소식을 들었다. 카페에 들르던 동네 고양이 오들이를 구조해 반려묘 먼지, 봉지, 휴지, 요지와 함께 살 것이라고 말이다. 그리고 메주 님은 "요즘은 시골도 있을 건 다 있어요. 우리가 조금만 더 불편하면 되죠."라고 담담히 한마디 던졌다.

그리고 이 짧은 한 문장이 내 인생의 전환점이 되었다. 고양

제주도 집에서 털복숭이들 모습

이들과 행복해질 수 있는 삶… 바로 이것이었다.

나는 도시를 떠나서 살 수 없다고 버릇처럼 말해오던 사람이었다. 날 때부터 도시에서 자랐기에 시골 생활은 상상도 한 적 없었다. 그랬던 내가 망치로 머리를 맞은 듯했다. 생각해보니 길에서 태어나, 자라고 떠돌았던 고양이들이 좋아할 집은 고층 아파트가 아닌 흙과 잔디가 있는 마당일 것 같았다. 맞다. 사람이 조금만 불편하면 된다. 물론 '회사를 그만두면 안정적인 수입원이 사라지는데 어떡하지?'라는 고민도 했다. 하지만 생활을 유지할 수 있는 방법은 많았다. 그중 하나가 '일주일에 영상 2개 올리던 거 매일 올리자!' 였고 바로 시골살이의 꿈을 실행에 옮겼다.

가장 먼저 제주도를 검색했다. 엄마가 좋아했던 제주도다. 엄마와 단둘이 갔던 마지막 제주도 여행이 떠올랐다. 그 나이 먹도록 운전면허도 안 따고 있었던 것이 제일 후회스러웠던 여행이었다. 장성한 딸내미였지만 엄마가 운전하는 차를 얻어 타고 명소를 쏘다녔었다. 기억을 더듬으며 고르고 골라 한적한 마을에 마당이 있는 돌집을 찾았다. 정말 운이 좋게도 실제로 한 번 보고는 바로 계약을 해버렸다. 파란 지붕의 돌집과 작고 아담한 마당을 보는 순간 머리속에 그려 왔던 장면들이 스쳐 지나갔기 때문이다.

그렇게 집을 계약하고 내가 살 동네를 둘러보던 중에 길에서 동네 고양이 한 마리를 만났다. 우리 포니처럼 흐리멍텅한 삼색이었다. 배가 불룩한 걸 보니 임신을 한 것 같았다. 나를 보고는 츄르라도 주려나 쳐다보다가 빈손임을 확인하더니 뒤도 안 돌아보고 자리를 떴다. 우리 집과는 제법 거리가 멀어서 나중에 또 만날 수 있으려나 하는 마음으로 그 고양이와 헤어졌다. 이 동네 고양이가 장차 나의 제주도 삶을 뒤흔들 엄청난 녀석이 될 줄 그때는 몰랐다.(훗날 나는 이 녀석에게 '쫀니'라는 이름을 지어줬다.)

지인들과 가족들에게도 알리지 않은 채 제주도 이주를 준비했다. 주변에 알리지 않은 이유는 분명히 뜯어말릴 게 뻔했기 때문이다. 잘 다니는 직장을 관두고 왜 외딴곳에서 고생을 하냐고 질문하면 할 말이 없었다. 정말 고생하러 가는 것인데 그걸 누가 이해할까.

그리고 실제로 고생길은 시작됐다. 꿈에 그리던 파란 지붕 돌집에서 살기 위해서는 내부 공사를 해야만 했고, 인테리어 시공 상황을 중간중간 체크하기 위해 서울에서 제주도를 몇 번씩 오갔다. 카페 같은 느낌이 나면 집에 애착도 생길 것 같아 인테리어에 과감한 투자도 강행했다. 결과적으로는 대만족이다. 정말 카페 가는 것보다 집에서 멍 때리며 커피 마시는 게 더 좋을 정도니까.

인테리어가 끝났으니 이제는 고양이 8마리를 데리고 제주도까지 안전하게 가는 작전을 세워야 한다. 파워 J형인 나는 모든 방법을 머릿속으로 시뮬레이션 돌려가며 어떤 방법이 좋을지 계속 생각했다.

"넌 나를 또 보게 될거라옹"

일단 비행기는 택도 없었다. 고양이 8마리를 혼자 옮기려면 네 번을 왕복해야 하는데 물리적으로 불가능했다. 결국엔 고양이들을 차에 태우고 배를 타서 입도하는 수밖에 없었다. 하지만 운전대만 잡으면 식은땀이 나는데 8시간이 넘는 장거리 운전을 할 수 있을지가 미지수였다. 그러나 결국엔 해야 할 일. 예행 연습만이 살길이었다. 혼자 진도항까지 운전해서 배에 차도 선적해보며, 가는 루트를 파악하기로 했다. 머리만 닿으면 잠드는 내가 새벽 운전이라니… 거의 목숨을 걸어야 하는 프로젝트였다.

하지만 새우깡을 씹어 먹으며 잠과의 싸움에서 승리했고 나는 진도항에 무사히 도착했다. 그러고는 생애 처음으로 내 차를 배에 싣고 제주도를 다녀왔다. 예행 연습을 통해 가능하다는 것을 확인했으니 이제 털복숭이들만 잘 견뎌주면 된다. 당시 털복숭이들의 나이는 12살~14살이었다. 장거리 여행을 하기엔 쉽지 않은 나이지만 떠나기 전 검진을 통해 모두 건강한 것을 확인했고, 이동 스트레스가 있는 아이들에게 효과적이라는 진정제(가바펜틴)도 처방받았다.

준비는 끝났다. 떠나기 2시간 전에 진정제를 먹여 살짝 멍해진 아이들을 잽싸게 이동장에 넣었다. 마치 야반도주라도 하는 사람처럼 이동장도 신속하게 차에 옮겨 실었다. 참고로 내 차는 작기로 소문난… 이름마저도 'MINI'인 차종이다. 뒷자리를 완전히 눕혀서 6마리를 테트리스하듯이 넣고 앞자리에 2마리를 태웠다. 이 테트리스를 위해 차 넓이에 맞는 이동장을 찾아서 구입하고, 떠나기 전날 미리 이동장들을 넣어보며 각을 맞춰놨다. 내가 생각해도 난 너무 치밀하다…. 그렇게 8마리의 세레나데를 들으며 진도항으로 출발했다. 귀여운 야옹 소리도 8시간 들으면 고막에서 피가 흐를 수도 있겠다는 생각이 들었다.

애들은 울지… 잠은 오지… 나는 새우깡을 우적우적 씹어 먹으며 가까스로 항구에 도착했다. 진도항에 도착해서 잠시 트렁크

털복숭이들과 함께 지낼 제주도 파란 지붕집

를 열었더니 녀석들의 우렁찬 울음소리가 파도소리를 뚫고 메아리치길래 창피해서 빨리 닫아버렸다. 진정제는 효과가 없는 게 틀림없다. 아니면 우리 애들 정신력이 대단하거나. 어찌 되었든 배에 차를 선적하고 나서야 긴장이 확 풀렸고, 참아 왔던 잠이 쏟아졌다. 그렇게 2시간 반을 기절한 듯 자면서 제주도에 입도하게 되었다.

3.
내 별명은 베리스토퍼 놀란

지금이야 자칭 타칭 유튜버지만 나의 시작은 블로거였다. 2011년 봄, 면목동 어느 골목에 위치한 다세대 주택에서 자취를 했었다. 지금 생각해보면 동네 고양이들이 살기 딱 좋은 환경이었는데 3년 동안은 길에서 고양이 그림자도 못 봤었다. 정확히 말하면 고양이에게 관심이 없었기 때문에 보고도 지나쳤을지 모른다.

그랬던 나에게 자기 좀 구해달라는 어느 아기 고양이의 울음소리가 들렸다. 한 번 잠 들면 절대 깨지 않는 나의 수면력을 이긴 녀석의 울음 소리란…. 어디 한번 얼굴이나 보자 하고 집 주변을 살펴보았다. 흠뻑 젖은 채 화단 속에서 벌벌 떨고 있던 녀석은 나를 보고 더 우렁차게 울어 댔다. 지나가던 사람들은 왜 구하지 않고 쳐다만 보느냐는 듯한 눈빛을 보냈다. 괜스레 죄짓는 느낌이 들어 아기 고양이를 수건으로 감싸 품에 안고 왔다. 처음 이 녀석을 손으로 안았을 때 너무너무 이상한 느낌이었다. 과연 뼈는 있는 걸까? 싶을 정도로 작고 말랑했던 아기 고양이.

그간 강아지만 키워 왔던 나는 고양이도 비슷할 줄만 알았다. 하지만 천만의 말씀. 강아지는 나의 동생이나 친구 같았다면 고양이는 정말 주인님 그 자체였다. 0부터 10까지 다 맞춰드리며 조금이라도 불편한 기색이 느껴지면 왜 불편하신지, 밤새 검색을 하며 공부를 해야 했다.

자연스럽게 고양이 정보가 넘쳐흐르는 네이버 카페에 가입하게 되었고 나는 점점 진심을 다하게 됐다. 처음에는 고양이라는 존재에 대해 무지했기에 정보를 얻으려고 갔었다. 그런데 집사들이 다들 자기 고양이 자랑을 하느라 하루 종일 (팔)불출산 정상에서 내려오질 않는 것이다. 심지어 자기 고양이 응가 사진까지 공유했는데 커뮤니티의 그 묘한 매력에서 벗어날 수 없었다.

어느 날은 나도 용기를 내어 길에서 데려온 고양이 자랑 글을 올렸다. 비 오는 날 구조했다는 말에 회원들이 박수를 쳐주며 너무 잘했다고 칭찬을 해줬다. 그 순간만큼은 고양이 한 마리를 구한 게 아니라 세상을 구한 느낌이 들 정도였다. 그때부터 나도 불출산 정상에서 내려올 생각이 없어졌다. 매일 내 새끼 자랑 글을 올리며 사람들과 소통하는 것이 너무 신이 났다. 그러다 문

어디 불편하신가요, 선생님들?

득 우리 집 고양이가 성장하는 기록을 남기고 싶어졌고 그렇게 블로그를 시작했다. 초반에는 일상 기록의 목적으로 썼는데 고양이들이 늘어나면서 내 안에 있던 B급 감성들이 슬슬 깨어나기 시작했다.

정신을 차려 보니 6마리 고양이들과 살게 되었고, 고양이들마다 개성이 뚜렸했다. 4초 이상 쓰다듬으면 입질하는 포악한 포우, 얼굴은 예쁘게 생겨서 말이 엄청 많은 수다쟁이 앙꼬, 아무 이유 없이 동생 훈육하는 무서운 누나 샤넬, 오직 집사만 바라보는 느끼한 고양이 마일로, 뇌 맑은 눈동자에 애교라곤 '1도' 없는 막내 푸딩이, 모든 고양이들과 두루두루 잘 지내는 우주 최강 카오스 랭이.

블로그에 6마리의 주연 고양이들과 고양이 사냥꾼 이야기를 시작으로 제정신으로 쓴 게 맞나 싶을 정도의 막장 동화도 올렸었다. 고양이들의 재밌는 행동들을 부지런히 찍어 놨던 덕에 골 때리는 사진 한 장을 보면 막장 스토리가 저절로 떠올랐다. 군더더기 없는 플로우에 남녀노소 좋아하는 권선징악 스토리. 그리고 미친 싱크로율의 고양이들 사진까지 완벽했다. 사람들은 나의 막장 코드를 좋아했고 댓글에서도 재밌다는 칭찬이 쏟아지자 밤새는 줄 모르고 신나서 썼던 기억이 난다. 내 입으로 말하기 민망하지만 크리스토퍼 놀란 감독의 아류 '베리스토퍼 놀란'이라는 별명까지 생겼다.

일진 남매 역할을 맡은 마일로와 샤넬

내 고양이들을 자랑하고 싶어서 시작한 일이었지만 점점 나의 '도른미'를 발산하게 되고, 그것을 무기 삼아 유기묘들의 묘생역전 스토리를 진부하지 않게 전달할 수 있었다. 그 후로 인스타그램까지 영역을 넓히며 내 고양이들 자랑질은 멈추지 않았다. 인스타그램에서도 이어진 B급 감성을 좋아해주는 팔로어들이 늘어났고, 가끔은 제발 유튜브 좀 해주면 안 되겠냐는 댓글들이 달리기 시작했다.

'유튜브? 그게 뭐지?'

4.
하다 하다 유튜브까지 손을 댔지만 처참한 현실

유튜브를 해보라는 댓글은 종종 달렸었지만 처음에는 인스타그램에 푹 빠져 살았다. 하루에도 사진 여러 장을 올리고 댓글 보는 재미로 살았던 것 같다. 나 역시 다른 집 고양이들을 보며 주접 댓글을 달고 다니느라 하루가 모자랄 지경이었다.

그렇게 열심히 블로그에 글을 올리고 인스타그램에 사진을 올리던 와중, 2013년 3월에 이사를 하게 되었다. 그리고 그때 내 인생에서 아주 소중한 묘연을 만나게 된다. 매일 출근과 퇴근 때를 맞춰 밥을 먹으러 왔던 작고 오동통했던 카오스 고양이. 나는 그 아이를 '랭이'라고 불렀다.

랭이는 내가 이사를 떠나기 전날 자기를 두고 어딜 가냐며 스스로 집에 들어온 당돌한 아이다. 이런 상황을 두고 고양이에게 간택받았다고 하는 걸까? 랭이는 집에 들어오고 얼마 되지 않아 4마리의 아기 고양이를 낳았다. 알고 보니 이 녀석… 자기 아기들을 지키기 위해 밥 잘 주는 캔따개를 이용한 것이다. 이유가 어찌 됐든 중요한 건 길에서는 소심하고 겁 많던 랭이가 집냥이가 되고 나서 180도 달라졌다는 사실이다. 나를 신뢰하는 정도가 아니라 '진짜 엄마'로 여기는 듯했다. 새끼들도 거리낌 없이 만지게 해주고, 잘 때면 늘 옆에 붙어서 잤다.

이때부터 난 랭이 아기들의 성장 모습을 영상으로 찍기 시작했다. 꼬물이들이 하는 짓을 보면 카메라를 들지 않을 수가 없었다. 잘 걷지도 못하는 주제에 바둥대며 산실을 탈출하려는 모습이나 하찮은 솜방망이질로 서로 치고 박고 싸우는 모습에 흐르는 코피를 주체할 수 없었다. 그때부터 짧은 클립으로 영상을 인스타그램에 올리곤 했는데 반응이 뜨거웠다.

하지만 기승전결을 보여주기엔 영상 중간중간에 필요 없는 장면들이 많았고, 성격 급한 우리 한국인들이 참고 봐주기 위해 지루한 장면들을 잘라내야만 했다. 전공이 광고 디자인이었던 나는 디자인, 애니메이션, 영상에 관련된 프로그램을 '찍먹'하듯이 다 배웠었고, 그때의 기억을 더듬어가며 동영상을 편집해서 올리기 시작했다. 편집이 된 영상들은 더 반응이 좋았고 내가 보기에도 편안했다.

점점 올리는 영상의 개수가 늘어나고 코피는 아무래도 팔로워들의 코에도 흐르는 것 같았다. 그 후로 “제발 유튜브 해주시면 안 돼요?”라는 댓글은 더 많이 달리기 시작했고 문득 유튜브에 대해 궁금증이 생겼다. 블로그랑 인스타그램만 알았지 그 당시 유튜브가 뭔지 몰랐던 나는 당장 검색을 해보았다.

“YouTube에서 마음에 드는 동영상과 음악을 감상하고, 직접 만든 콘텐츠를 업로드하여 친구, 가족뿐 아니라 전 세계 사람들과 콘텐츠를 공유할 수 있습니다.”

‘내 영상이 전 세계에 퍼진다고? 엄청난 일이잖아!’

유튜브를 하지 않을 이유가 없었던 나는 2019년 5월에 채널을 만들었고 다른 사람들은 주로 어떤 영상을 올리는지 찾아보기 시작했다. 그 당시는 다른 사람들도 짜임새 있는 고퀄리티의 영상들을 올리기보다는 날것 그대로의 영상들이 많이 올리곤 했다. 그래서인지 나도 할 수 있을 것 같았다. 내 1만 명의 인스타그램 팔로어들이 구독만 해줘도 이건 성공이라는 희망회로를 굴리면서 말이다.

지금 보면 이걸 도대체 누가 볼까 싶은 어처구니없는 첫 영상이었다. 고양이가 주인공도 아닌 10kg 대포장 사료를 소분하는 장면을 담았었다. 그런 영상 올려놓고 조회수가 오르는지 안 오르

놀랍게도 냥빨을 당한, 꾀죄죄한 랭이다

는지 확인하기 위해 유튜브를 들락날락거렸던 과거의 나…. 더 무서운 건 처참한 조회수에도 굴복하지 않고 '언젠간 뜨겠지.' 하는 마음으로 꾸준하게 영상을 올렸다는 점이다.

유튜브의 생태계를 전혀 몰랐던 나는 '도대체 이 재밌는 걸 왜 안 봐?'라는 의문점을 가진 채 그렇게 반년 동안 영상을 올렸다. 리액션이 있어야 할 맛이라도 날 텐데, 내 유튜브의 댓글창은 고요했고, 그렇게 유튜브 좀 해달라고 요청했던 인스타 팔로어들은 다 어디갔는지 구독자 100명을 간신히 넘기고 있었다.

하… 낚였다. 그냥 블로그나 더 열심히 할걸 말이다….

5.
귀인을 만나 알고리즘의 축복을 받았다

회사 생활과 집사 생활에 충실한, 큰 이벤트 없이 평범한 날들이 흐르고 있었다. 내 유튜브는 여전히 고요했다. 그러던 어느 날, 우리 팀에 막내 기획자가 들어왔다. UI를 담당했던 나와 소통할 일이 많았고 오지랖이 기본 설정값인 나는 꽤나 친절하게 사무적인 일들을 도와주었다.

그리고 얼마 되지 않아 회사에서 팀으로 해외 워크샵을 가기로 했다. 입사 후 첫 해외 워크샵이었지만 투병 중인 랭이를 두고 갈 수 없었다. 하지만 나의 소중한 랭이는 서두르듯 고양이 별로 소풍을 떠나버렸다. 소식을 들은 회사 동료들은 이건 랭이가 만들어준 기회이니 같이 워크샵을 가자고 다독여줬고, 랭이의 투병 생활에 지쳐 전환점이 필요했던 나도 그렇게 괌으로 떠났다. 워크샵을 떠나기 전까지 내 유튜브에는 새로운 영상이 올라오지 않은 상태였다.

지난 몇 달간 어두운 시간을 보낸 나에게 눈부신 바다와 파란 하늘, 미치도록 아름다운 석양이 한 줄기 빛으로 다가왔다. 정말 열심히 놀았다. 사진도 많이 찍고, 많이 먹고 밤새 수다 떨며 다시 활기찬 내 일상으로 복귀했다. 그리고 돌아오는 비행기에서 막내 기획자와 나란히 앉게 되었다.

게임 회사 사람들이 나누는 이야기는 뻔하다. "무슨 게임 좋아하세요?"로 시작되는데 이 친구와 이야기를 나누면서 결국 도달한 곳은 유튜브였다. 그는 유튜브 생태계에 대해서 꽤나 잘 알고 있는 듯했다. 나는 내 초라한 채널을 보여주며 고민거리를 털어 놨다. 막내 기획자가 내 영상들을 살펴본 뒤 내려진 첫 번째 진단명은 잘못된 제목과 썸네일이었다.

"팀장님, 제목은 내 고양이를 모르는 사람들이 본다 생각하고 일반적으로 지어야 해요."

나는 제목에 우리 애들 이름을 넣어가며 키워드를 망치고 있었다. 심지어 고양이 이름이 푸딩이니… 유튜브 입장에서도 이게 고양이 채널인지 음식 채널인지 헷갈렸을 법도 하다. 썸네일은 무슨 상황인지 0.1초 만에 파악되게 할 것! 수많은 영상들 속에서 내 썸네일을 누르고 싶게 만드는 것이 중요한데 나는 내용에 상관없이 귀엽거나 골 때리는 표정들을 넣었던 것이다. 스승님의 컨설팅을 듣고 나니 지금까지 난 뭘 올린 걸까 자괴감이 들 정도였다.

그 후로 스승님의 가르침을 받아 내 유튜브는 점점 변화했다. 영상의 내용부터 자막, 썸네일, 제목까지 처음 보는 사람도 이해할 수 있도록 맞춰가기 시작했다. 대포장 사료를 소분하는 영상보다 중요한 건 우리 애들의 서사가 담긴 영상이었다. 그렇게 편집에 공을 들여 랭이가 날 간택했던 사연, 포우를 입양하게 된 사연을 차근차근 올리기 시작했다.

그러자 유튜브에서도 거부했던 내 영상이 조금씩 퍼뜨려지기 시작했다. 스승님 가르침이 통한 것이다. 포니의 입양 영상도 가르침대로 3개월 동안 꾸준하게 올렸더니 구독자 1000명을 달성했다. 노력한 대로 결과가 나오자 도파민이 마구 분출됐다. 출근하면 스승님과 영상 분석표를 보며 영상에 대한 피드백을 나누었고, 그러다 보니 비로소 유튜브가 원하는 영상이 무엇인지 감을 잡기 시작했다.

그러던 어느 날, 막둥이 포니의 사연을 본 〈TV 동물농장x애니멀봐〉 팀에서 취재하고 싶다는 연락이 왔다. 우리 털복숭이들의 묘생역전 스토리가 널리 퍼지는 것이 최종 목표이던 나에게 이보다 더 좋은 기회는 없었다. 그리고 고대하던 녹화 당일 초인종이 울려 문을 열었더니 작고 예쁘장한 PD님 혼자서 큰 카메라와 장

우리를 취재하겠다고요?

스타가 된 푸딩이와 포니, 샤넬

비를 이고지고 오셨다. (그분이 바로 〈김쫀떡〉 채널의 집사님이시다.)

거의 반나절을 촬영했던 것 같다. 포니의 도른미부터 우리 아이들의 구조 사연까지 설명한, 쉽지만은 않은 하루였지만 과연 영상이 어떻게 나올까 기대되었다. 그리고 내 채널에 마일로의 구조 영상이 올라갈 쯤에 〈TV 동물농장x애니멀봐〉에도 털복숭이들 영상이 올라왔다. 완성된 영상은 상상했던 것보다 훨씬 감동적이었고 우리 아이들의 사연이 과장 없이 담백하게 담긴 것도 만족스러웠다. 다행히 감동받은 것은 나뿐만이 아니었고 파급력이 엄청났던 〈TV 동물농장x애니멀봐〉에서 내 채널로 사람들이 유입되기 시작했다. 그리고 때마침 올라온 마일로 영상이 이른바 알고리즘의 선택을 받았다.

우리는 한 가족

6.
나만 몰랐다.
마일로가 특별한 고양이란 것을

마일로는 특별한 고양이다. 마일로를 실제로 본 사람들은 모두 혀를 내두르며 집사를 저렇게 사랑하는 고양이는 처음 본다고 한다. 손님들이 오거나 말거나 내 목에 매달려서 얼굴을 핥고 볼을 부비는 모습에 혹시 고양이 탈을 쓴 남자 사람일 수도 있으니 마일로 앞에서는 옷도 함부로 벗지 말라는 조언까지 받았다.

이렇게 모두가 입을 모아 마일로가 특별하다고 외쳤지만 난 몰랐다. 유튜브를 시작할 때도 마일로 영상보다는 가만히 누워 있는 푸딩이나 울먹거리는 눈망울로 내 손을 물어뜯는 포우 영상을 올렸었다. 내가 카메라를 들었을 때 마일로는 이미 내 등에 업혀 있거나 목에 매달려 있었기 때문이다…. 유튜브 스승님은 나에게 삼각대를 설치해서 둘의 모습을 찍어보라고 권유했고, 매일 아침마다 욕실에서 내 팔에 달라붙어 있는 마일로를 3인칭 시점으로 찍어보았다.

이후 편집을 하면서 입을 다물 수가 없었다. '나를 바라보는 마일로의 표정이 이랬었다니….' 영상 속에 마일로는 분명 웃고 있었다. 고양이가 이렇게 행복한 표정을, 그것도 우리 집 고양이가 그렇다는 것을 8년이 넘는 세월 동안 나만 몰랐던 것이다.

욕실에서 준비하는 나를 두 발로 붙잡고 꿀이 뚝뚝 흐르는 눈으로 바라보는 마일로의 모습은 출근하지 말라는 듯 보채는 어

마일로 레전드 영상 썸네일

린아이 같았다. 마일로의 표정에서 느낀 그대로 자막을 써 내려갔고, 이 영상은 유튜브의 선택을 받아 이른바 '떡상'하게 되었다. 그 영상이 바로 마일로 욕실 인트로로 유명한 "애교많은 고양이 마일로랑 같이 출근하기"이다. 이때가 2020년 3월이었다.

〈TV 동물농장x애니멀봐〉에서 소개된 포니 영상과 마일로 구조 영상이 맞물려 시너지를 내고 있었는데, 여기에 마일로 욕실 인트로 영상이 가세하면서 구독자 수는 하루마다 만 명 단위로 오르기 시작했다. 수십 개의 댓글들이 달렸고 뜨거운 관심에 보답하고 싶어 매일매일 하트를 누르고 대댓글을 달며 구독자들과 소통하기 바빴다. 비로소 난 대중들이 무엇을 원하는지 조금씩 알게 되었다.

매일 내 팔에 매달려 출근하지 말라고 붙잡는 모습, 편집하는 내 팔을 끌어당기며 자기 좀 봐달라고 보채는 모습, 화장실을 청소하려고 허리를 숙이면 등에 올라와 업히는 모습 등 8마리 고양이들 중 유일하게 마일로만 하는 행동들이 대중들에게는 마냥 신기하게 보였던 것이다. 마일로가 하는 행동들은 연하 남친 그 자체였고, 이제 그만 지퍼를 열고 나오라는 등의 댓글들이 쏟아졌다. 그렇게 생긴 별명이 '냥자친구'이다. 이후 냥자친구 마일로의 행동이 주목을 받는 영상이 탄생하게 되는데 바로 "집사가 잘 때 고양이들의 행동"이다.

집사가 잠든 사이 고양이들의 모습을 관찰하는 내용인데 털복숭이들의 행동은 가히 충격적이었다. 잠이 들어 미동도 하지 않는 집사의 가슴팍에 올라와 목에 꾹꾹이를 하고, 턱에 볼을 부비고, 팔을 베고 누워 잠드는 모습들…. 더 소름끼치는 건 그럼에도 불구하고 단 한 번도 깨지 않는 나의 미친 수면력. 그 영상 이후로 냥자친구 마일로의 인기는 날이 갈수록 높아지고 나는 얼떨떨했다.

그러던 중 오프라인 행사에 참여한 적이 있었다. 그때 마일로의 인기를 피부로 느끼게 된다. 남녀노소 할 것 없이 다양한 분들이 부스에 찾아왔고 함께 발을 동동 구르며 “마일로 너무 귀여워요!”를 외쳐주시는데 말로 형용할 수 없는 어떤 뭉클함이 밀려왔다. 멀리 지방에서 올라온 어느 부부는 울먹이시며 직접 만든 가죽 노트와 펜을 선물하셨고, 울지 말라고 포옹하며 토닥여드렸던 기억이 난다. 고양이라는 이 사랑스러운 존재 하나로 우리는 한마음이 되었고 처음 본 사람들끼리 포옹하고 악수하며 친밀감 그 이상을 느꼈다. 정말이지… 고양이는 위대하다….

마일로를 열렬히 사랑하는 분들이 계신 것을 피부로 체감한 후 더 열심히 편집을 했다. 일주일에 2~3개씩 영상을 올렸고 채널은 꾸준히 성장세를 그렸다. 채널이 성장하고 달리는 댓글들은 나에게 고양이에게 사랑받는 것을 당연하게 생각하지 말고 더 많이 표현하고 사랑해주라는 의미로 생각됐다.

험난했던 길 생활에서 구해준 엄마라 그런 건지 마일로는

조각미남형 냥자친구 마일로

10년 동안 하루도 빠짐없이 사랑을 표현하고 있다. 어느 누가 변치 않고 매일매일 사랑한다고 표현할 수 있을까. 내가 만약 유튜브를 시작하지 않았다면 마일로의 특별함을 끝까지 모르고 살았을 것이다. 그리고 나는 특별한 고양이 덕분에 특별한 집사가 될 수 있었다. 그렇게 생각하니 유튜브를 시작한 것은 우리 고양이들을 데려온 것만큼이나 잘한 일이다.

7.
드디어 털복숭이들이 세상에 알려졌지만, 난 지쳐 있었다

마일로와 같이 출근하는 영상이 알고리즘의 선택을 받아 세상에 널리 뿌려졌고 내 채널 〈털복숭이들과 베베집사〉를 많은 사람들이 알아주기 시작했다. 이런 날이, 이렇게 빨리 올 줄은 꿈에도 몰랐다. 하루가 지날 때마다 구독자가 만 명씩 늘어나는 말도 안 되는 일이 나에게 일어났다. 구독자 5만 명 감사 영상을 편집하는 중에 6만 명이 되어버리는 믿을 수 없는 일이 일어난 것, 우리 털복숭이들을 '최애'라 불러주는 팬들이 생긴 것, 모든 순간들이 꿈만 같았다.

유튜브뿐 아니라 커뮤니티 여기저기에도 내 영상들이 퍼지면서 채널의 성장은 가속도가 붙었고 구독자 10만 명을 달성하게 되었다. 10만 명… 가늠이 안 됐다. 맨유 축구장 수용 인원이 7만 5천 명이라는데 그 축구장을 가득 채운 사람들이 내 영상을 보고 있다고 상상하니 가슴이 웅장해졌다. '10년 전 길에서 마일로를 구조하지 않았다면 많은 사람들이 마일로를 보며 기뻐할 수 있었을까?'라고 생각하니 그날 주저하지 않고 구조했던 것이 내 인생 가장 큰 업적인 것 같다는 생각까지 했다.

채널이 성장하자 신기한 일들이 일어나기도 했다. 고양이 유튜브의 대스타 크집사님과 〈김메주와 고양이들〉 채널의 메주님을 만나게 되었다. 친분이 쌓이면서 서로의 집에 초대되어 영상으로만 보던 고양이들을 직접 만나기도 했는데 고양이를 보고 마치 연예인을 실제로 보는 기분이 들기도 했다.

소중한 인연이 생기고 그 관계를 이어가면서 메주님이 주최했던 〈애옹 유니버스〉라는 고양이 사진전도 함께 참여했다. 글

팬들이 그려준 그림들

을 써 내려가는 현재 기준 28만 명의 사랑을 받는 털복숭이네를 새파란 애기로 만들어버린, 64만 구독자의 〈김메주와 고양이들〉, 136만 명의 사랑을 받는 〈크집사〉, 32만 구독자 〈김쫀떡〉, 54만 구독자 〈무지막지한 막무家네〉, 61만 구독자 〈Arirang은 고양이들 내가 주인〉 채널을 운영하는 6명의 집사들이 한곳에 모이는 이례적인 이벤트였다.

수천 명의 팬들이 다녀갔고 좋아하는 유튜버와 만난 팬들은 발을 동동 구르기도 하고, 같이 울기도 하면서 댓글로는 전하지 못했던 마음을 전하기도 했다. 내 영상을 좋아해주고 나를 응원해주던 구독자들을 유튜브라는 채널을 뛰어넘어 실제로 만나는 경험은 영상을 만드는 데 큰 자극이자 에너지가 되었다. 혼자였다면 절대 할 수 없었던 일들을 유튜브를 통해 만난 사람들과 해내면서 회사 생활과는 또 다른 경험을 하게 된 것이다.

그러나 2020년부터 2023년까지 직장인과 유튜버를 병행하며 나는 점점 지쳐갔다. 언제부턴가 가볍게 던지는 주변 사람들의 말을 의연하게 넘기기 힘들어졌다. 안다. 정말 대수롭지 않게 던진 질문이라는 것을. 하지만 난 그 가벼운 말 한마디를 하루에도 여러 번 듣곤 했다.

"유튜브 하면 돈 많이 번다면서?"

"유튜브 잘되는데 회사는 왜 다녀요?"

정말 순수하게 궁금했을지도 모른다. 실제로 구독자 10만 명이 넘는 유튜버는 도대체 얼마를 벌까? 궁금한 사람도 많았을 것이다.

하지만 유튜브가 소문만큼 돈이 되지는 않는다. 회사처럼 오래 일하거나 잘할수록 수익이 팍팍 오르면 좋겠지만, 그렇지도 않고 안타깝게도 구독자가 많다고 수익이 올라가는 구조가 아니다. 사람들의 관심사에 따라 영상의 조회수도 늘 다르다. 이 때문에 영상 하나를 올릴 때마다 심사를 받는 기분이 들 때도 있다. 자극적인 워딩과 썸네일로 일단 영상을 클릭하게 만들어 조회수를 높이는 방법도 있지만, 그러고 싶지 않았다. 길에서 고생하고 살았던 내 고양이들로 그런 영상을 만들 수는 없었기에 이 악물고 주변 사람들의 시선을 그저 웃음으로 넘기며 버텨 왔다.

내 유튜브 활동이 회사 일에 방해가 되면 안 되겠다는 일념으로 게임 업데이트가 있는 시기에는 야근도 하고, 평소 팀원들을 관리하느라 부족했던 실무는 남들보다 더 일찍 출근해서 보충하기도 했다. UI 디자이너는 게임 업계에서 소수에 해당하는 직군이다. 인력을 구하기도 어렵고, 구한다 해도 업무를 파악하고 실무에 투입되기까지 물리적인 시간이 필요하다. 그러나 대규모 업데이트가 예정되어 있는 와중에 UI 업무를 하던 친구가 퇴사를 하면서 발등에 불이 떨어졌다.

팀장이니 지원자들의 이력서도 봐야 하고, 면접도 봐야 하고, 당장 구멍난 그 자리를 내가 대신 메워야 하고, 팀원들 결과물 피

중요한 건 꺾이지 않는 마음

드백도 해야 하고, 회의는 왜 그렇게 많은지…. 하루가 24시간인 것이 아쉬울 정도로 1분 1초를 허투루 쓰면 안 되는 시기였다.

일하기도 모자란 시간이지만 팀원들 사이에 생긴 마찰도 관리해야 했다. 팀원들의 불만을 들어주고 해결해주려고 머리를 굴려보자니 또 누군가는 상처를 받게 되어 있다. 그 상처를 어떻게 하면 작게 줄 수 있는지, 내가 다시 상처에 약을 발라줄 수 있는지를 고민했다. 이러한 시간들을 보내면서 행복했던 회사 생활과 멀어지게 되었다. 매일 두통에 시달렸고 그렇게 내 멘탈도 점점 무너졌다.

집에 돌아오면 구내염으로 입이 아파서 혼자 먹지 못해서 바짝 마른 앙꼬가 나를 기다리고 있었다. 지친 몸을 눕힐 새도 없이 앙꼬를 위해 밥을 준비하고 손으로 하나하나 입에 넣어줬다. 회사 일이 힘든 것도 힘든 거지만 나만 기다리고 있었을 앙꼬를 생각하니 마음이 복잡해졌다. 점점 나이 들어가는 내 고양이들에게 해줄 수 있는 최선이 무엇일까.

고민 끝에 직장에 뼈를 묻을 거라 호언장담하던 나는 결국 스스로 사직서를 내버렸다. '그럼 뭐 먹고 살지?'라는 걱정이 들지 않을 정도로 현실에서 빠져나오고 싶었던 것 같다. 그렇게 마음을 먹자마자 제주도에 집을 구하고, 나와 고양이들만 있는 공간에서 제 2의 인생을 시작했다. '돈? 그거 걱정할 시간에 매일 영상 올리면서 하루하루를 기록하자.'라는 마음으로 유튜브를 대하니 덩달아 영상의 느낌도 많이 달라졌다. 하루의 일상을 브이로그 방식으로 풀어내다 보니 편집에 대한 부담도 없고, 오히려 편집이 더 재미있어졌다. 정말 내 하루를 정리하면서 이런 일들이 있었지 하며 일기를 쓰는 느낌이랄까.

제주도에 사는 집사와 고양이들의 평범한 일상이라 예상대로 조회수는 점점 떨어지긴 했다. 하지만 개의치 않았다. 그래도 '대신 힐링한다.' '대리 만족이다.'등의 댓글이 달렸으니까. 내 소신대로 우리 집 마당의 예쁜 모습과 자연과 어우러지는 고양이들의 모습을 보며 우리 구독자들이 힐링할 수 있다면 그걸로 충분했다. 그리고 그렇게 생각해야만 했다.

'나… 여기서 지치지 않고 잘 해낼 수 있겠지?'

2부.

털복숭이들과의 묘연

1. - 빠빠 이야기 -

나의 첫 고양이

나에게도 인생 처음으로 고양이를 마주한 때가 있었다. 면목동에 위치한 다세대 주택에 살던 시절이었다. 현관문을 나서면 정면에는 앞집의 지붕이 보였고 좁은 복도가 길게 펼쳐졌으며 1평 정도 되는 야외 공간이 있었다. 그리고 2011년 어느 화창했던 봄날, 현관문을 나서자 앞집 처마 밑에서 아기 고양이가 나를 빤히 쳐다보고 있었다. 인생 처음으로 아기 고양이를 본 것이다.

경계하는 눈빛으로 쳐다보는 녀석이 신기해서 계속 쳐다보고 있었는데 갑자기 옆에서 꼬질꼬질한 노랑둥이 녀석이 나타나 아기 고양이 앞에 자리를 잡고 눕는 게 아닌가. 이 집에 4년을 살았지만 집 앞에 고양이가 나타난 것은 처음이었다. 꼬질꼬질한 녀

처마 밑 새끼 고양이

석에게 말을 걸고 있었는데 처마 밑에서 다른 고양이의 얼굴이 '쑤욱' 하고 나왔다.

'저 작은 틈에서 몇 마리나 살고 있는 거지?'

강아지만 키웠던 나는 고양이 액체설을 알 리가 없었다. 처마 밑에서 얼굴을 내민 아이는 새초롬하게 생긴 삼색이었는데 알고 보니 아기 고양이들의 어미 고양이였다. 깡마른 아이들을 보니 뭐라도 주고 싶어서 집에 들어가 햄을 가져왔다.(이때는 고양이에게 짠 음식을 주면 안 된다는 걸 몰랐다.)

햄을 잘라 주니 허겁지겁 먹는 노랑둥이 아이를 보니 동네 고양이의 삶이 얼마나 고된지 느껴졌다. 보아하니 노랑둥이는 아빠냥이라 주변을 정찰하며 먹잇감을 구하는 듯했다. 햄 맛을 본 노랑둥이는 그 후로 매일매일 집 앞에서 나를 기다렸다. 배를 굶을까 걱정된 나는 처마 밑에 사는 이 가족들을 위해 사료와 캔을 주문했다. 내가 고양이를 위해 사료를 사는 날이 올 줄도 몰랐는데 어느새 그렇게 노랑둥이 아빠냥이에게 '빠빠'라는 이름을 지어주고 매일 아침, 밥을 챙겨주기 시작했다. 그때부터 나에게 고양이 집사의 피가 끓어오르기 시작했던 것 같다.

집에 창문이 하나 있었는데 창밖으로 아래층 지붕이 보였다. 이 지붕이 고양이 가족들의 통행로였고, 창밖으로 늘 빠빠가 늘어지게 자고 있거나 우리 집 안을 구경하곤 했다. 아침에 늦잠이라도 자면 왜 밥 안 주냐고 창문 밖에서 "야옹 야옹" 울기도 했던 똑똑한 녀석이었다. 어미냥이도 밥을 잘 먹어서인지 새끼들을 잘 키워냈고 새끼냥이들도 처마 밑에서 나와 창밖을 뛰어다니며 무럭무럭 자랐다. 한동안 보이지 않아 한참 걱정을 하고 있으면 언제 그랬냐는 듯 다시 밥 먹으러 돌아오는 동네 고양이들이었다. 그때면 시집보낸 딸이 온 것처럼 상다리가 부러지게 밥상을 차려줬다. 참치부터 시작해서 닭고기랑 생식까지 간식 창고 탈탈 터는 날이었다.

하지만 밥을 챙겨주면서 점점 이웃들의 눈치가 보이기 시작했다. 맛집인 게 소문이 났는지 자꾸 어디선가 동네 고양이들이 찾아와 빠빠네 가족들과 싸움이 났기 때문이다. 결국 밥그릇을 치우고 빠빠랑 가족들이 올 때만 밥상을 차리는 대책을 세웠지만 내가 없을 때면 집 앞에서 하염없이 기다리다 갔을 모습을 생각하니 짠한 마음이 드는 것은 어쩔 수 없었다. 그래도 민원이 들어오는 것보단 나을 거라 생각했다.

빠빠네 가족들도 집냥이로 들였으면 좋았을 텐데 나는 밥만 잘 주면 오래, 함께, 살 수 있으리라 믿었다. 길 생활에 익숙한 빠빠는 자유로운 영혼처럼 동네를 누비고 다녔고 빠빠와 가족들은 우리 집 앞에서 매일매일 밥을 먹으며 1년이 넘도록 함께 살았다. 하지만 길거리의 삶은 녹록지 않았다.

봄이 오기 전 어느 날, 출근하려고 집 대문을 나갔다가 도로에 누워 있는 어미냥이를 발견했다. 멀리서만 봐도 어미냥이어서 '왜 걔는 저기서 자고 있지?' 하며 반갑게 부르며 다가갔다. 길 한복판에 누워 있던 어미냥이는 내 목소리에 작은 미동조차 하지 않았다. 밥 먹으러 집에 오던 길에 사고를 당한 것 같았다. 손길 한번 허락하지 않던 새침 도도한 어미냥이를 차갑게 식은 뒤에야 쓰다듬을 수 있었다. 그것이 새끼들을 지키기 위해 치열하게 살아왔던 어미냥이의 마지막 모습이었다.

그렇게 어미냥이가 무지개 다리를 건너고 따뜻한 봄이 왔다. 봄이 오고 나니 빠빠도 새로운 영역을 찾으러 갔는지 어느 순간 오지 않았다. 그렇게 난 1년 동안 잊지 못할 추억들을 간직한 채,

밥을 내놓으라냥

첫 동네 고양이들과 이별했다. 후회도 많고 아쉬움도 많은 묘연이었지만 빠빠와 가족들이 우리 집 앞에서 살았던 때만큼은 행복했던 묘생이었길 바란다. 그리고 다시 태어난다면 나에게 다시 와달라고 기도했다.

2. - 디올 이야기 -
비를 맞고 울고 있던 새끼 고양이를 냥줍했다

2011년 5월 12일, 새벽 내내 비가 오던 날. 날씨도 서늘하고 모처럼 잠도 '잘' 오는 그런 밤이었다. 어디든 머리만 닿으면 바로 잠이 들고, 웬만한 소리에는 절대 깨지 않는 나를 뒤척이게 만드는 소리가 창문 밖에서 들려왔다. 새끼 고양이의 울음소리였다. '빠빠네 새끼 중 하나겠지.' 하고 대수롭지 않게 생각했다. 하지만 점점 더 커지는 울음소리에 심상치 않음을 느꼈다. 밖으로 나가 보니 화단에 새끼 고양이가 비를 쫄딱 맞고 울고 있는 게 아닌가…. 5월이라 새벽바람이 찬데 비까지 맞았으니 이대로 두면 큰일 나겠다 싶어 집으로 가서 수건 한 장을 들고 다시 나왔다.

고양이를 만지는 건 난생처음이라 주저하고 있는데 녀석은 점점 더 크게 울어, 지나가는 사람들의 눈치가 보이기 시작했다. 일단 수건으로 새끼냥이의 얼굴을 가리고 조심히 안아서 집으로 뛰어 들어왔다. 고양이를 만져본 건 처음이었는데 느낌이 너무 이상했다. 강아지와 다르게 뼈가 말랑말랑한 느낌이라고나 할까?

화단에서 비를 맞아서인지 흙탕물에 반신욕이라도 한 것처럼 꼬질꼬질한 녀석이 추울 것 같아서 따뜻한 물로 가볍게 씻겨줬다. 그러고는 드라이로 잘 말려 신발 상자 안에 넣어줬다. 지금 생각하면 고양이가 싫어하는 짓만 골라서 다 했다.

씻기고 다시 보니 녀석은 회색 고등어 무늬 고양이었다. 어디서 본 것 같다 했더니 빠빠의 새끼 중 하나였다. 일단 출근해야 했던 나는 급한 대로 집에 있는 스팸을 작게 잘라서 상자 안에 주고 나왔다. 회사에 도착해서 바로 고양이 커뮤니티에 접속하여 '새끼 고양이 구조'를 검색하여 정보를 찾기 시작했다. 그제야 알았다. 내가 했던 행동들은 고양이에게 절대 해선 안 되는 짓들이란 것을…. '새끼 고양이 구조 시 행동 요령'은 다음과 같았다.

> 첫째, 새끼 고양이를 구조하기 전 주변에 어미 고양이가 있는지 확인할 것.
>
> 둘째, 어미 고양이는 사람 냄새가 나는 새끼를 다시 데려가지 않으므로 절대 맨손으로 만지지 말 것.
>
> 셋째, 염분이 많은 사람 음식은 주지 말 것.

넷째, 구조 직후 목욕 같은 큰 스트레스는 주지 말 것.

'어쩌지… 하지 말란 짓을 다 해버렸네….' 나의 괜한 오지랖에 새끼 고양이는 어미 고양이와 생이별을 하게 된 것이다. 회사에서도 일이 손에 잡히지 않았다. 목욕이 고양이에게 큰 재앙과도 같은 스트레스라니 혹시나 아이가 기절한 건 아닐지 불안해지기 시작했다.

칼같이 퇴근을 하고 집으로 오자마자 아이를 넣고 온 신발박스로 향했다. 박스를 열어 보니 텅 비어 있었다. 내가 고양이를 너무 과소평가했다. 그런 허접한 박스에서 얌전하게 기다리고 있을 리가 없지…. 책상 뒤에 쭈그리고 있는 녀석을 데리고 병원으로 향했다. 이렇게 된 이상 내가 책임져야겠다고 다짐하면서. 다행히 아픈 곳은 없었고 이제 막 한 달 정도 된 사내아이라고 하셨다.

왜인지는 모르겠지만 아이를 보고 있으니 명품 브랜드가 떠올랐다. 그래서 이 회색 고등어의 이름을 '디올'이라고 지어줬다. 비록 길에서 태어났지만 명품처럼 귀하게 대하겠다는 나의 다짐이었다. 디올은 낯선 환경이 무서웠는지, 매일 창가에서 엄마를 찾으며 우렁차게 울어댔다. 그리고 디올은 역시나 빠빠네 가족이었다. 어미냥이는 디올의 목소리를 듣더니 창문 앞에서 울었고, 나도 울었다. 내가 이산가족을 만든 주범이라는 죄책감에 무릎을 꿇으며 이렇게 말했다.

"어미냥이야… 내가 진짜 잘 키워볼게."

그렇게 일주일을 디올과 어미냥이의 울음 속에서 살았다. 디올은 내 손을 거부했고 티비 뒤에서 숨어 지냈다. 커뮤니티에 고민을 올렸더니 관심 갖지 말고 신경 끄고 있으면 사람한테 경계를 푼다는 조언이 달렸다.

하지만 저 귀여운 생명에게 관심을 어찌 안 줄 수 있을까. 난 이미 불출산에 올라 디올의 행동 하나하나를 (심지어 디올의 첫 응가까지) 블로그에 기록하고 있었다. 매일 고양이 커뮤니티를 들여다보는 것이 일과였고 고양이에 대한 공부를 대학 입시 때보다 더 열심히 했던 것 같다. 그렇게 새침하고 도도하면서 하는 짓은 너무 귀여워서 사람 미치게 만드는 고양이의 매력에 푹 빠져버렸다.

그러다가 나도 결국 신내림을 받아버렸다. 둘째 신이 온 것이다. 고양이를 처음 반려하는 사람들 사이에 도는 아주 무서운 현상인데 고양이에 푹 빠져버린 나머지 또 다른 고양이를 탐하게 되는 병이다. 빠빠네 가족을 구조해서 같이 살고 싶다는 마음도 굴뚝 같았지만 당시 초보 집사였던 나는 동네 고양이의 구조부터 순화까지 엄두가 나지 않았다. 빠빠에게는 너무 미안했지만 고양이 커뮤니티에서 초등학교 운동장에 박스 채 버려진 새끼냥이들 입양글을 보고 둘째를 입양했다. 둘째는 디올과 다르게 사람을 엄마라고 생각했는지 나에게 붙어서 떨어지지 않았다. 그리고 늘 내 몸 어디엔가 붙어서 지내던 둘째를 관찰하던 디올이 드디어 마음

궁금은 한데, 낯도 가려야 하는 디올

너냐? 날 데려온 게?

을 열기 시작했다. 티비 뒤에서 자던 디올이 점점 내 옆에 다가와 함께 자기도 하고, 벌러덩 눕기까지 했다. 곤히 자고 있던 디올을 용기내어 쓰다듬는 순간 집안을 쩌렁쩌렁 울리는 골골송이 시작되었다. 그리고는 담요에 꾹꾹이까지 하던 디올….

그날의 감동을 잊지 못한다. 한 달 동안 하악질과 솜방망이질을 해대던 디올 때문에 나도 상처를 많이 받았었는데 디올이 골골송을 불러주는 순간 힘들었던 모든 기억들이 눈 녹듯이 녹아버렸다. 그렇게 디올은 둘째를 통해 나에 대한 경계를 풀고 개냥이가 되었다.

갑작스러운 태도 전환에 당황했지만 그 후로 더 많이 안아주고 사랑해주며 어미냥이에게 약속했던 것처럼 그 어느 고양이 부럽지 않을 정도로 소중하게 키웠다. 디올은 나에게 고양이의 매력을 일깨워준, 소중한 첫 반려묘다.

3. - 사넬 이야기 -
둘째 신이 와버렸다

둘째를 들인 것은 까칠했던 첫째 디올에게 한 번만 내 마음을 받아달라고 구걸하던 비참한 날들 중이었다. 하늘이 무너져도 솟아날 구멍은 있다고, 나를 위로해주는 건 게시물에 달리는 댓글들이었다. 그리고 그 댓글 중에는 둘째를 들여보는 것이 어떠냐는 글이 종종 있었다.

'둘째? 이렇게 힘든데 고양이를 또 들인다고?' 디올이 온 지 얼마 되지 않았을 때는 하루하루가 전쟁이라 절대 이해할 수 없는 댓글이었다. 하지만 고양이 커뮤니티에는 오래전부터 전해오는 명언이 있다. "고양이는 고양이를 부른다." "둘째는 진리다."

둘째를 들인 경험자들의 말로는 2마리까지는 1마리와 비슷

하다며 고양이는 홀수로 늘어날 때 2배로 힘들어진다고 했다. 생각해보니 배변도 알아서 하고, 밥도 적당히 나눠서 먹고, 혼자서 잘 노니 일리가 있는 말이었다. 그리고 디올이 울음을 멈추고 혼자서 까불며 노는 모습을 보고 있자면 이해할 수 없었던 명언들에 설득되기 시작했다. '저 귀여운 생명체가 둘이면 얼마나 귀여울고….' 하며 말이다.

그렇게 난 '디올한테 형제가 생기면 인간에 대한 무서움을 극복할 수 있지 않을까?' 합리화하며 둘째를 들이기 위한 그럴 듯한 이유를 만들기 시작했다. 마음을 먹고 나니 귀신에 씌인 듯이 하루 종일 커뮤니티의 입양글 게시판을 들락날락했다. 그러던 중 누군가 초등학교 운동장에 이제 막 걷기 시작한 아기 고양이 4마리를 박스에 넣어서 버렸다는 사연을 보았다. 페이지를 내려 사진을 보니 4마리 중에 1마리는 노랑둥이, 나머지는 갈색 태비의 고등어 무늬였다. 구조자 분에게 연락을 하니 입양하기 전에 한번 보러 오라고 하셨다. 그때부터 심장이 쿵쾅대며 일은 또 얼마나 손에 안 잡히던지.

퇴근을 하자마자 친구와 함께 아가들을 만나러 달려갔다. 구조한 집사님의 집으로 들어서자마자 한 녀석이 나에게 뒤뚱거리며 달려왔다. 그러고는 내 바짓가랑이를 붙잡고 올라오려는 아이….

'나…나… 설마 간택당한 건가?'

혼미해진 정신줄을 부여잡고 차근차근 아이들을 보기 시작했다. 남아 있는 건 갈색 태비 두 아이였다. 남자 아이는 외모도 귀염상에 오렌지색에 가까운 갈색 코트를 입은, 꼬리도 쭉쭉 뻗은 뭐하나 모자람이 없는 아이였다. 반면에 여자 아이는 꼬리 끝이 꺾여 있고 상대적으로 진한 털색 때문에 남자 아이보다 외모적으로는 눈에 띄지 않았다. 그런데도 이상하게 올라오려고 바둥대던 여자 아이가 자꾸 눈에 들어왔다.

구조자와 대화를 하는 중에도 계속 주변을 알짱대며 매력 발산을 하던 여자 아이. 충분히 지켜보고 구조자와 대화를 나눈 끝에 나를 선택해준 여자 아이를 입양하기로 했다. 아이의 이름을 디올과 같은 의미로 '샤넬'이라 지어줬다. 그렇게 조심조심 샤넬을 데리고 집에 도착했다. 고양이 합사를 처음 해보는 나는 도착하자마자 디올과 같은 방에 샤넬을 내려놓았다. 디올은 경계하는 눈빛으로 샤넬 주변을 빙빙 돌더니 오랜만에 만난 고양이가 반가웠는지 하찮은 솜방망이로 샤넬의 머리를 툭툭 친다. 그러고는 샤넬을 껴안고 뒷발 팡팡도 하고 계속 따라다니면서 장난을 쳤다.

태어난 지 이제 막 한 달 정도라 저항할 힘조차 없던 샤넬은 속절없이 솜방방이질을 당했다. 안 되겠다 싶어 샤넬을 큰 박스 안에 넣어주고 밥과 화장실을 따로 챙겨주었다. 성장에 좋다는 것은 다 사다 먹이고 금이야 옥이야 2주 동안 특별 관리를 받은 샤넬은 드디어 디올한테 맞설 만한 힘을 갖게 되었다.

“때려맞던 그때의 내가 아니야.” 위풍당당해진 샤넬이다

카리스마 샤넬

애교쟁이 수염 공주

격리를 하면서도 중간중간 대면을 해줘 경계심보다 호기심이 더 컸던 둘은 그렇게 자연스레 합사했고 세상 다정한 남매가 되었다. 집사에게는 늘 차가웠던 디올에게도 다정한 면모가 있음을 이때 알게 됐다. 샤넬을 하루 종일 그루밍해주질 않나 잘 때도 껴안고 자는 등 보기만 해도 설레는 자상한 오빠 그 자체였다.

그리고 더 경사스러운 일은 샤넬은 말로만 들었던 개냥이라는 사실. 잘 때도 늘 내 옆에 붙어서 자는 덕에 디올도 자연스럽게 내 근처에 머무는 시간이 늘어났다. 그러면서 디올도 드디어 내 손길을 받아주게 되었고 샤넬은 디올의 경계심을 풀어준 일등공신이 되었다. 처음부터 내 바짓가랑이를 붙잡더니 이렇게 사랑스러운 고양이는 처음이었다. 사랑스럽고 애교 많고 잘 놀고 사고도 잘 치는 말괄량이 샤넬 덕에 집사 생활은 행복 그 자체였다.

안타깝게도 샤넬 형제들은 입양 간 지 얼마 안 되어 별이 되었다고 한다. 혈변과 구토 증상으로 별이 되었다는 것으로 짐작하면 치사율 높은 범백이라는 바이러스에 감염되었던 건 아닐까 싶다. 제발 데려가달라고 내 다리를 붙잡았던 샤넬이를 형제들의 몫까지 금이야 옥이야 온실 안의 화초처럼 키웠다. 샤넬은 훗날 동생들의 기강을 잡는 걸크러쉬 고양이가 되었다. 약하게 태어났던 어린 시절을 극복하고 누구보다 강한 멘탈과 사랑스러움으로 무장한 샤넬은 시간이 지나도 여전히 사랑스러운 딸 같은 고양이다.

4. - 포우 이야기 -
장화 신은 고양이 눈빛에 속았다

첫 고양이를 구조하고 한 달도 안 되는 사이에 난 2마리 고양이의 집사가 되어 있었다. 첫 집사 생활이었지만 어렵기보다는 디올과 샤넬 재롱을 보느라 시간 가는 줄 모르고 지냈다. 그러던 차에 샤넬 예방접종을 하러 동네 동물병원을 갔다. 수의사 선생님은 한숨을 쉬시며 말씀하셨다. 길거리를 배회하다 구청에서 인계된 페르시안 고양이가 지금 병원에 있다고. 그런데 입양하려는 사람이 없어 곧 안락사를 해야 한다고 말이다.

페르시안 고양이라면 품종 고양이일 텐데 어쩌다 길에서 잡혔냐고 물었더니 원래 그 품종이 예뻐서 입양했다가 털 관리 때문에 파양되거나 버려지는 경우가 흔하다고 하셨다. 이 아이는 면목

시장을 돌아다니며 밥을 구걸하고 살았다고 한다. 털이 철갑처럼 엉킨 채로 돌아다니다가 누군가의 신고로 구청에서 포획하여 이 병원에서 보호 중이었다. 의사 선생님은 품종이 있는 2살 이상의 고양이인 것으로 보아 번식장에서 종묘로 쓰이다 버려졌을 수도 있다고 하셨다. 선생님은 그동안 수많은 동네 고양이들을 만나고 중성화를 시키며 다시 길로 돌려보내셨지만 유독 이 페르시안 고양이만큼은 가족을 다시 찾아주고 싶다 하셨다.

하지만 민원 신고에 의해서 포획되고 공고 등록이 되어 있는 상태라 10일이라는 공고 기간이 끝나면 이 아이는 안락사라는 비참한 죽음을 맞이해야 했다. 피할 수 없는 현실이었다. 갑자기 아이의 얼굴이 보고 싶었다. 선생님께 볼 수 있는지 여쭤보니 지금 미용을 해서 못 생기긴 했지만 기다려보라며 아이를 데리러 들어가셨다. 진료실에서 샤넬과 기다리고 있는데 어찌나 심장이 쿵쾅쿵쾅거리던지…. 진료실 문이 열리면서 선생님 품 안의 아이를 봤다. 세상에… 나를 바라보는 아이의 눈망울에서 당장이라도 눈물이 뚝뚝 흐를 것만 같았다. 장화 신은 고양이 그 자체였다. 그 눈망울에 빠져서 할 말을 잃었던 나는 겨우 정신을 차리고 다시 아이를 살펴보기 시작했다.

내가 생각했던 하얗고 도도하게 생긴 페르시안 고양이가 아닌 마치 삵 같은 야생동물의 모습이었다. 고양이 품종에 대해 무지했던 나는 페르시안이 이런 코트가 있는 줄 모르고 순간 선생님

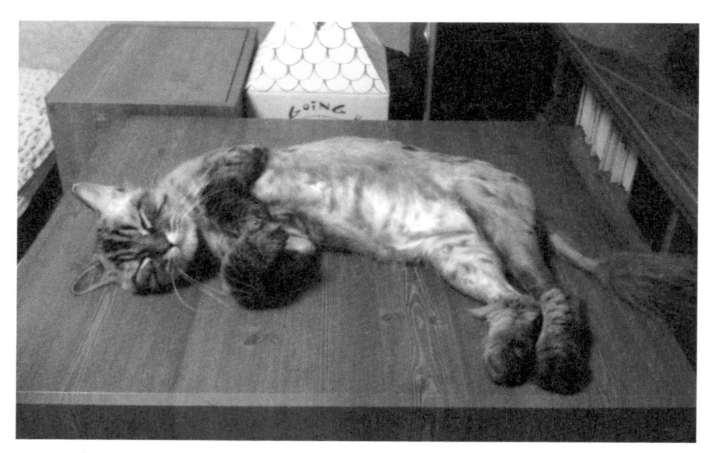

괜찮아… 털은 곧 자란다…

을 의심했었다.

당황하는 내 모습을 보시더니 선생님은 갑자기 고양이 백과사전을 펼치며 페르시안도 이런 종류가 있다며 보여주시는데 이때까지만 해도 나는 전혀 눈치채지 못했다. 이 모든 것이 수의사 선생님의 작전이었다는 것을….

아이는 털이 빡빡 밀려 마치 오골계 같은 모습을 하고 있었고, 그 짠함을 증폭시켰던 것은 몸 구석구석 고양이들과 싸워서 생긴 상처들이었다. 길에서 얼마나 고되고 치열하게 살아 왔을지 안 봐도 알 수 있었다. 하지만 식구를 들이는 일이니 쉽게 결정할 수는 없었다. 우선 집으로 돌아왔지만 후에도 마치 상사병에 걸린 사람처럼 오골계 모습을 하고도 보석 같던 눈망울을 하루 종일 떠올렸다. 아이의 남은 공고 기간은 5일. 성묘 입양은 상상도 못했던 일이라 내가 과연 자격이 있는가에 대해서 한참을 고민했다. 털이 빡빡 밀려 세상 못생긴 아이의 사진을 매일 들여다보면서도 나의 콩깍지는 점점 두꺼워지고 있었다. 공고 기간이 3일 남았을 무렵 결심했다. '데려오자.'

오골계 페르시안 고양이를 누구보다 사랑스러운 고양이로 만들어주겠다고 결심했다. 병원에 가니 선생님께서는 잘 결정하셨다며 아이를 데리고 나와 진료대 위에 올려놓으셨는데 빡빡 밀린 아이의 앙상한 몸을 보고 함께 간 친구와 나는 움찔했다. 그러면서 되뇌었다.

'괜찮아…털은 곧 자란다….'

친구가 녀석의 얼굴과 까만 발뭉치를 보더니 〈쿵푸팬더〉의 '포'와 비슷하다며 이름을 '포우'라고 지어줬다. 집에 와서는 포우의 이동장을 작은방에 놓고 꺼내주었다. 순하다는 선생님 말씀을 철썩같이 믿고 있었던 나는 포우의 탐스럽고 귀여운 발을 보자마자 덥석 잡아버렸다. 그리고 0.5초도 안 되는 찰나에 포우는 내 손을 물었다.

정적이 흘렀다. 분명 순하다고 한 번도 문 적이 없었다는 녀석에게 집에 온 지 5분도 안 되어 물렸다. 배신당한 기분이 들어 울컥하고 말았다. 하지만 이내 '낯선 곳이라 당황해서 그런 것일

유리구슬 눈의 포악한 포우

거라고 스스로를 다독이며 포우에게 사과했다. 포우는 굽신대던 내가 안쓰러웠는지 꾹꾹이를 하며 골골송을 불러줬다. 포우는 좋고 싫음이 명확해서 얼굴을 만져주는 건 좋지만 4초 이상 만지면 깨물고, 발은 절대 못 만지게 하는 등 냉탕과 온탕을 오가며 나를 조련했다.

훗날 수의사 선생님의 양심 고백이 충격적이었다. 포우를 입양하려는 사람이 안 나타나면 선생님이 입양하려고 하셨단다. 애초에 안락사는 생각도 않던 선생님의 연기력과 포우의 글썽이던 눈망울이 환상적인 콜라보가 되어 '냥호구'를 제대로 공략했다. 사실 선생님의 연기가 아니더라도 나는 포우를 보자마자 이미 데려왔을 것이다. 인간에게 버림받아 길에서 힘들게 살아왔던 포우의 그 애절했던 눈빛은 연기가 아닌 진심이었을 테니까.

털 밀린 오골계 모습을 한 포우는 역시나 디올과 샤넬에게 환영받지 못했다. 연신 하악대는 디올과 경계심은 없지만 그렇다고 관심이 있는 것도 아닌 천방지축 샤넬을 보며 서글프게 울어대던 포우. 그야말로 아비규환인 상황이었다. 나는 옆집에서 민원이라도 들어올까 봐 잠도 못 자고 아이들을 어루고 달래며 밤을 지새웠다.

그렇게 3일이 지나고 디올과 샤넬이 쿨쿨 자고 있었는데 갑자기 포우가 디올에게 다가가더니 그루밍을 해주기 시작했다. 그 모습을 지켜보던 나는 혹시나 디올이 깨서 솜방망이질을 할까 봐

긴장되는 마음으로 조용히 지켜보았다. 그런데 걱정과는 다르게 디올이 내 손길을 처음 받아줬던 그때처럼 포우의 그루밍이 시작되자 골골송을 부르기 시작했다. 기분이 좋았는지 배까지 뒤집으며 포우의 그루밍을 받던 디올은 그때를 시작으로 포우를 가족으로 받아들이기 시작했다. 무방비 상태의 디올을 공략하던 포우의 노련함이 엿보이는 순간이었다. 이후 셋은 친남매 이상으로 끈끈해졌고 더운 여름에도 셋이 붙어서 잘 정도로 우애가 깊어졌다.

못생겨서 버림받은 줄 알았던 포우는 점점 솜털이 나기 시작하고 멋진 모습으로 변해갔다. 털이 다 자랐을 때는 기품 있고 우아한 페르시안 고양이로 보였다. 얼핏 보면 포메라니안 강아지와도 닮아서 별명이 '포우메라니안'이었다. 배달 왔던 중국집 사장님이 포우를 보시고 "포메가 예쁘게 생겼네요?"라는 말까지 할 정도였다.

점점 외모에 자신감이 생기고 도도함이 하늘을 찌르는 포우는 훗날 유독 아기 고양이들에게 약한 모습을 보였다. 아기 고양이들을 다루는 솜씨가 보통이 아닌 것을 봐서는 정말 번식장에서 살아왔을지도 모른다는 생각이 든다. 그런 포우의 모습을 보며 나는 매일 물리고 할퀴당할지언정 포우를 사랑하지 않을 수 없었다.

장화 신은 고양이 포우

이 눈빛에 속으시면 안 됩니다

5. - 푸딩이 이야기 -
자신감이 붙은 자의 고난과 역경

두 달 만에 3마리 고양이의 집사가 되었다. 둘에서 셋이 되고 나니 해야 할 일이 정말 2배로 많아졌다. 성묘가 생산하는 감자와 맛동산은 아기 고양이 2마리가 생산하는 것보다 질과 양 모든 부분에서 우월했다. 그럼에도 행복할 수 있었던 이유는 포우가 디올과 샤넬을 자식처럼 아껴주고 챙겨주었기 때문이다. 포우가 오면서 나의 육묘 난이도는 급격히 낮아졌다. 단점을 꼽자면 디올과 샤넬이 포우한테 의지하는 만큼 내 곁에서도 멀어져 간 것…. 잘 때마저도 포우 곁에서 꼭 붙어 자는 모습을 보고 있자면 고양이가 3마리나 있었지만 외로웠다. 하지만 이런 외로움도 사치일 뿐, 고양이들끼리의 합사가 실패했다는 글들을 보면 겁도 없이 셋째를 데려온 나는 너무나 무모했다.

그렇게 3마리 고양이와 집 앞에 주기적으로 방문하는 빠빠네 가족을 챙기며 정신없는 날들을 보내고 있었다. 시간은 흘러 털이 빡빡 밀린 오골계 같던 포우의 모습은 간데없어지고 계절은 여름이 지나 가을이 왔다. 11월의 어느 날, 아침 루틴 중 하나인 고양이 커뮤니티 게시글을 보고 있었다. 수많은 글 중에 노랑둥이들의 가족을 찾는다는 글을 클릭했다. 그리고 걷잡을 새도 없이 넷째 신이 와버렸다. 화면 가득한 노랑둥이 아기 고양이들이 '제발 나를 데려가세요.'라는 눈빛으로 쳐다보고 있었다.

'나 되게 예뻐질 텐데 안 데려가?'

그 글을 본 뒤로 내 머리속에는 노랑둥이 아기 고양이들이 '우다다' 뛰어다니기 시작했고 일이 손에 잡히지 않았다. 3마리에 익숙해진 나는 초보 집사 주제에 다묘가정을 이루는 로망에 자신감이 붙어버렸다. 그러고는 결국 포우의 의견은 묻지도 않은 채 덜컥 입양 신청을 해버렸다. 퇴근 후 바로 보호자의 집으로 달려갔고, 아기 고양이들이 지내고 있는 방문을 열자마자 비현실적인 장면에 정신이 혼미해졌다. 노란 솜뭉치들이 이리 뛰고 저리 뛰어다니는, 보고만 있어도 심장이 터질 것 같은 장면이었다. 나는 다섯 남매 중에 혼자 입양처가 없던 파파라는 아이를 입양하기로 했고 파파의 이름은 푸딩이라고 지었다. 그때는 몰랐다. 이 아이가 정말 푸딩처럼 크게 될 줄은….

겁이 없던 푸딩이는 디올, 샤넬, 포우에게 거침없이 다가갔고 돌아오는 건 살벌한 하악질 세례였다. 다행인 것은 푸딩이는 하악질을 당하고도 마냥 해맑았고 특유의 무던한 성격 덕분에 디올, 포우와는 금방 친해졌다. 그러나 복병이 있었으니… 평생 막내로 살 줄 알았던 샤넬이는 하루아침에 동생이 생긴 탓인지 혼란스러워하는 기색이 역력했다. 이틀이면 멈추겠지 했던 샤넬의 하악질은 2주 동안 계속되었고, 이러다 샤넬이가 병나지 않을까 노심초사였다. 고양이 합사의 매운맛을 제대로 느낀 날들이었다.

하지만 정작 병이 났던 건 샤넬이 아닌 푸딩이었다. 겉으로는 해맑고 장난꾸러기 같던 푸딩이가 환경이 바뀌고 엄마와 떨어지게 되면서 스트레스를 받았나 보다. 먹는 족족 구토를 하고 무른 변을 보기 시작했다. 덜컥 겁이 났다. 이 증상은 말로만 들었던 범백 바이러스(고양이 범백혈구 감소증을 줄여 부르는 말이다. 소장, 대장, 골수, 림프 조직 등의 세포를 공격하는 질병으로, 전염성이 강하고 치사율이 높기 때문에 예방이 중요하다.)의 증상과 똑같았기 때문이다. 만약 푸딩이가 범백이 맞다면 포우, 디올, 샤넬까지 모두를 위험하게 할 질병이었다.

곧장 푸딩이를 데리고 동물병원으로 뛰어갔다. 다행히 범백 키트 검사는 음성이었다. 수의사 선생님은 장난감이나 이물질을 삼킨 것이 아니냐고 의심하셨지만 디올이 사고를 잘 치는 탓에 늘 문제가 될 만한 것은 꽁꽁 숨겨놓는 편이라 의심될 만한 게 없었다. 구토하고 설사를 해도 마냥 노는 것이 좋아서 뛰어다니던 푸딩이는 어느 순간 웅크리고 잠만 자기 시작했다. 내가 해줄 수 있는 건 약을 먹이고, 설탕물을 먹이는 것뿐이었다.

전전긍긍하며 어쩔 줄 모르던 나와는 달리 포우는 차분하게 푸딩이를 끌어안고 그루밍을 해주기 시작했다. 머리가 흠뻑 젖을 정도로 그루밍을 해주니 푸딩이가 편안하게 포우의 품에서 잠들었다. 그렇게 지극정성으로 푸딩이를 돌봐준 포우의 덕분이었을까? 푸딩이가 화장실에 들어가 작은 몸을 들썩거리고 힘을 주더니 막힌 무언가가 뻥! 하고 뚫고 나왔다. 푸딩이를 괴롭혔던 그 무언가는 다름 아닌 머리카락과 털 뭉치였다. 생각해보니 푸딩이가

아픈 푸딩이를 끌어안아주는 포우

집에 오고 한동안 같이 잤었는데 그때마다 내 머리카락을 씹으면서 놀곤 했었다. 머리카락들과 솜뭉치처럼 날아다니던 포우의 털이 푸딩이의 장을 막고 있었나 보다.

그 뒤로 푸딩이는 다시 정상 컨디션을 되찾았고 집을 날아다니며 아기 고양이 파워를 제대로 보여줬다. 막내 자리를 빼앗겨 속상했던 샤넬도 한동안 웅크리고 있던 푸딩이가 안쓰러웠는지 조금씩 다가가더니 어느새 둘도 없는 남매가 되었다. 가끔은 푸딩이를 이유 없이 훈육하는 무서운 누나이기도 하다. 까칠한 디올과는 노는 코드가 잘 맞았는지 껴안고 뒹굴고 난리도 아니었다. 같이 부엌을 뒤지기도 하고 온갖 구석을 들어가는 등 사고뭉치 장난꾸러기들이 따로 없었다.

눈치 없고 마냥 해맑은 푸딩이를 가족으로 받아준 포우, 디올, 샤넬에게 너무 고마웠다. 하지만 푸딩이를 입양하면서 한 가지 크게 느낀 점이 있었다. 합사는 아이들에게 생각보다 큰 스트레스고 내 수명도 줄어든다는 사실…. 그 후로 입양 게시판에는 발도 들이지 않았고 내 인생에 다른 고양이는 없을 거라고 굳게 다짐했다.

그런데 말입니다…. 그 약속을 지킬 수 있을까요?

6. - 앙꼬 이야기 -
하다 하다 친구네 동네 고양이한테까지 오지랖을 부렸다

포우의 이름을 지어준 친구가 이사를 한다기에 도와주러 친구네 동네에 자주 놀러가곤 했었다. 그리고 한 날은 친구와 슈퍼마켓을 가는데 차 밑에서 웅크리고 있는 무언가를 발견했다. 쭈그리고 앉아서 자세히 보니 회색의 긴털 고양이가 우리를 빤히 쳐다보고 있었다. 그런데 이 녀석 눈이 이상했다. 양쪽 눈동자의 색깔이 다른 게 아닌가. 털의 상태를 다시 보니 회색 고양이가 아닌 흰색 고양이였다. 기름때가 타서 회색으로 보였던 것이다.

바로 슈퍼마켓으로 뛰어가 참치캔 하나를 샀다. 전단지 위에 참치를 부어주니 허겁지겁 맛있게 먹는다. 분명 집냥이로 자랐을 것 같은데 왜 길에서 헤매고 있는지 안타까운 마음뿐이었다. 우리는 이 녀석의 이름을 앙꼬라고 지어줬다. 그 후로 나는 주말마다 친구네 집에 놀러간다는 핑계로 앙꼬를 만나러 갔다.

앙꼬는 하루의 루틴이 정해져 있는 듯 오후 5시만 되면 친구네 집 앞 오래된 치킨 집에 나타나 조신하게 앉아서 무언가를 기다렸다. 그럼 얼마 후 치킨 집 문이 열리고 주인 아주머니가 두툼한 닭가슴살 부위를 앙꼬에게 주신다. 그러면 어디선가 갑자기 아기 고양이들이 우르르 나타난다. 앙꼬는 새끼들을 데리고 다니며 동냥을 해왔던 것이다.

앙꼬가 먼저 살을 찢어서 먹다가 새끼들에게 찢은 살코기를 양보한다. 그 모습을 우두커니 보고 있으니 치킨 집 아주머니가

앙꼬의 동네 고양이 시절

앙꼬의 사연을 말해주셨다. 2010년 가을에 앙꼬를 키우던 주인이 이사를 가면서 길에 버리고 갔고, 앙꼬는 노랑둥이 여아를 만나 2011년 봄에 새끼 4마리를 낳은 후 그 골목에서 키우고 있었다. 새끼 고양이 중 2마리는 치킨 집 아주머니와 조카분이 구조하여 키우고 있다 하셨다. 앙꼬는 봄에 낳았던 새끼 고양이 2마리와 그 후에 다른 아내를 만나 낳은 새끼 고양이들까지 주렁주렁 달고 다녔던 것이다. 알고 보니 앙꼬는 그 동네 카사노바였고 부성애가 강한 녀석이었다.

어느 날부터인가 앙꼬에게 캔따개로 인정받은 것인지 이 녀석은 늘 빌라 담벼락 위에서 가로등 조명을 받으며 나를 기다렸다. 우아한 한 마리 비둘기 같았달까? 그렇게 앙꼬와 정이 들어갈수록 너무나도 구조하고 싶었다. 구조해서 앙꼬에게도 포우처럼 행복한 묘생을 누릴 수 있게 해주고 싶었다. 그렇게 고민만 하던 차에 매주 얼굴을 보여주던 앙꼬는 추석이 지났을 무렵 종적을 감춰버렸다. 친구네 건물 뒷마당에서 주로 나타나던 아이인데 아무리 기다려도 나타나지 않아 허탕을 치는 날이 허다했다.

주말마다 친구네 동네에 가서 앙꼬를 찾아도 한 번을 볼 수 없었으며 어느덧 추운 겨울이 찾아왔다. 앙꼬를 따라다녔던 새끼 고양이들은 각자 독립을 했는지 앙꼬와 제일 닮았던 크림색 아이만 골목에 남았다. 그 아이를 앵앵이라 부르며 혹시나 다시 올지 모르는 앙꼬를 기다리며 밥을 챙겨주었다.

그리고 앵앵이 밥을 챙겨주러 갔던 날, 나를 애태우던 앙꼬가 나타났다. 보자마자 반가운 마음에 앙꼬를 불러봤지만 앙꼬는 어딘가 모르게 불안해하고 이전보다 사람을 경계하는 모습이었다. 꼬리는 축 늘어진 채 바닥을 쓸고 다녔고 자세히 보니 피도 흘리고 있었다. 앙꼬는 더 야위었고 눈빛은 지쳐 보였다. 지금 당장 안아서 병원에 데려가고 싶은데 다가갈수록 구석으로만 숨는 녀석…. 친구와 어떻게 구조를 할까 작전을 짜던 중 고양이 커뮤니티에 올라온 수많은 글 중에 하나의 글이 내 눈을 사로잡았다.

'정말 예쁜 오드아이 턱앙에게 따뜻한 겨울을….'

제목을 보자마자 묘하게 이끌린 나는 클릭을 할 수밖에 없었다. 그러자 내 눈앞에 펼쳐진 건 다름 아닌 앙꼬의 사진이었다. 그 동네에 사는 분이 이미 1년 전부터 앙꼬를 챙겨주셨는데 이 분도 길에서 고생하는 앙꼬가 안타까워 구조를 할까 망설이고 계셨다. 몇 번의 댓글로 나도 앙꼬의 밥을 챙겨주었다는 사실을 알리며 도움이 필요하면 얼마든지 돕겠다는 의사를 내비쳤다. 그리고 얼마 후 앙꼬를 구조했다는 글과 함께 구조하면서 심하게 물려 붕대로 칭칭 감은 구조자의 사진이 올라왔다. 지금 놓치면 평생 못 잡는다는 생각으로 앙꼬를 놓지 않으려다 다쳤다고 한다. 앙꼬도 배신당했던 인간의 손에 다시 잡히게 되었으니 필사적으로 저항을 했던 것 같다.

그렇게 앙꼬는 임시 보호처에서 지내게 되었지만 평생 가족이 될 입양처가 급했다. 약속된 임보 기간이 끝나갔고 다음 거처가 빨리 정해져야 했다. 당시 우리 집은 푸딩이까지 입양해 4마리 고양이들로 북적이던 터라 선뜻 결정을 내릴 수 없었다. 하지만 앙꼬를 외면할 수 없어 차선책으로 임보를 위해 집으로 데려오게 되었다.

그렇게 두 달 만에 길이 아닌 가정집에서 앙꼬를 마주한 날. 방문이 열리자 털이 빡빡 밀려서 백숙 같은 고양이 한 마리가 나를 빼꼼히 쳐다봤다. 앙상하고 못생겨진 녀석인데 내 눈에는 얼마나 예뻐보이던지…. 앙꼬는 낯선 환경에 겁을 먹어 박스에서 나오자마자 옷 더미 위로 숨어버렸다. 그래도 길에서 앙꼬가 좋아했던 닭고기 간식을 가져와 내미니 앙꼬가 너무 맛있게 받아먹어줬다.

내친 김에 평소에 맛있게 먹었던 캔과 간식으로 앙꼬의 환심을 산 뒤 대범하게 코 뽀뽀를 시도했다. 그런데 이게 웬걸 앙꼬가 내 손에 볼을 부비는 게 아닌가…. 앙꼬는 거짓말처럼 경계심 많던 고양이에서 계속 만져달라고 부비적대는 개냥이로 태세 전환을 해버렸다. 내가 알고 있던 앙꼬가 맞는지 의심이 들 정도였다. 실내 생활에 적응을 못할 것 같았던 앙꼬는 매일 반복되는 내 간식 조공에 흡족했는지 금방 적응을 했다. 변화되는 앙꼬의 모습을 보며 나는 임시 보호의 목적으로 데려왔던 앙꼬를 임종까지 책임지

고추참치 먹은 식탐 대마왕

고 보호하는 것으로 결정했다. 앙꼬가 나를 신뢰하는 상황에 차마 다른 집으로 보낼 수 없었다.

하지만 적응하기가 무섭게 식탐이 강했던 앙꼬는 힘을 아무리 줘도 변을 누지 못했다. 꼬리뼈는 탈골됐고 옆구리 탈장 때문에 힘을 주지 못한 탓이었다. 앙꼬의 몸은 외부의 큰 충격에 의해 근육이 파열됐고 그로 인해 탈장이 된 것이라 추측되는 상태였다. 아마 한동안 보이지 않았던 이유가 누군가에게 구타를 당했거나 사고가 난 탓인 듯했다. 탈골된 꼬리뼈는 다시 살릴 수 없고 옆구리 탈장이라도 수술을 하는 방법을 택했지만 회복은 쉽지 않았다. 옆구리 근육은 움직이는 데 쓰이는 근육이라 봉합 부위가 다시 벌어질 수도 있고, 염증이 생기기 쉬웠다. 게다가 변비 관리까지 해주어야 했다.

집사 인생 첫 고비였다. 고양이 집사가 된 이후로 아픈 고양이를 보살피는 일은 처음이었고 커뮤니티에 찾아봐도 흔치 않은 케이스라 무엇이 나올지 모르는 캄캄한 터널을 홀로 걷는 느낌이었다. 그 후로 나는 작은방에서 앙꼬와 함께 시간을 보내며 아물지 않는 수술 부위를 계속 소독해주고 외롭지 않게 토닥여줬다. 앙꼬는 병원을 자주 가야 했고 그때마다 나오는 병원비도 만만치 않았다. 수술비와 통원 치료에 쓴 비용만 해도 수백만 원에 달했다. 쇼핑하는 즐거움으로 살던 나는 긴축재정을 해야만 했다. 그때 비로소 생명을 책임진다는 것에 대한 무게감을 느꼈다. 특히 길에서 꽤 길게 생활한 고양이들은 겉으로는 멀쩡해 보여도 온몸이 종합병원일 가능성이 높다는 것도 알게 되었다.

그래도 시간은 흘러 앙꼬는 수술 부위를 회복하고 살도 오르고 털도 보송하게 나기 시작했다. 이제 또다른 과제를 수행해야 한다는 신호였다. 디올, 샤넬, 포우, 푸딩이와 앙꼬의 합사를 시도했다. 이번 합사에서 주목할 점은 성묘들끼리의 합사가 처음이라는 것이다. 나는 포우도 같은 처지였으니 앙꼬를 잘 받아주겠거니 생각했는데 결과는 처참했다. 포우는 생각보다 질투심이 많은 아이였고, 앙꼬를 괴롭히며 유혈사태까지 일어날 정도로 매일매일 큰 싸움이 일어났다. 포우가 탈골되어 감각이 없는 앙꼬의 꼬리를 집중 공격하는 바람에 상처가 아물 날이 없었다.

나는 당연히 먼저 때린 포우만 혼내면서 싸움을 말렸었는데 이것이 그 둘 사이에 기름을 붓는 행동이었다. 지푸라기라도 잡는 심정으로 애니멀 커뮤니케이터에게 상담을 받아보니 포우는 집

우리 이제 친해졌어요

사의 사랑을 독차지하는 앙꼬가 너무 밉다고 했다. 그 말을 들으니 포우의 행동이 이해되었다. 고양이 합사에 있어서 간과하지 말아야 할 것은 굴러들어온 돌보다 박힌 돌을 더 많이 사랑해줘야 한다는 점이다.

그 후로 앙꼬는 작은방에서 몰래 예뻐해주고 포우가 앙꼬를 때려도 오히려 달래주며 "엄마가 우리 포우를 더 많이 사랑해줘야 하는데 미안해~"라고 오바액션을 했더니 포우도 당황하며 점점 행동이 달라지기 시작했다. 자신이 앙꼬보다 더 예쁨받는 것을 확신한 듯이 더 이상 앙꼬에게 솜방망이질을 하지 않았다. 이렇게 되기까지 2년이라는 시간이 걸렸다. 이제껏 어린 고양이들과의 합사만 해왔던 나에게 또 다른 가르침을 주었던 앙꼬와 포우의 합사 과정이었다.

어느 날엔 문득 '만약 내가 그날 커뮤니티에서 구조자의 글을 보지 못했다면 앙꼬가 나에게 올 수 있었을까.' 하는 생각이 들었다. 아마 앙꼬가 구조됐는지도 모른 채 계속 그 동네를 찾아다녔을 것이다. 이 모든 것이 앙꼬와 나 사이에 지독하게 얽혀 있는 묘연의 실타래가 이어준 건 아닐까 싶다.

차가운 도시냥 앙꼬

7. - 마일로 이야기 -
느끼한 고양이한테 플러팅 당했다

구독자들에게 〈털복숭이들과 베베집사〉 채널을 알린 1등 공신은 허니버터 고양이 마일로다. 고양이 같지 않은 마일로의 이태리 남자 같은 모습에 사람들은 혀를 내둘렀고 알고리즘의 선택을 받아 생각보다 많은 사람들에게 영상이 전달됐다. 믿을 수 없겠지만 딱 봐도 품종묘에 애교가 넘쳐흐르는 마일로도 스트릿 출신이다. 하지만 길에서 구조할 때부터 마일로는 특별했다.

2012년의 봄은 앙꼬의 투병과 포우와의 합사로 시간이 정말 빠르게 흘러갔다. 성묘 둘을 합사한다는 것은 극악의 난이도라는 것을 뼈저리게 알게 된 나는 이제 길을 다닐 때 흐린눈으로 다녀야겠다고 다짐했다. 이런 나의 다짐을 보기 좋게 박살내준 동네 고양이가 나타났다. 아무리 흐린눈으로 봐도 강렬하게 나를 쳐다보던 녀석의 눈빛….

'이 녀석… 웃고 있잖아?'

녀석은 내가 자주 다니는 골목 화단에 숨어 얼굴만 빼꼼 내민 채 나를 향해 미소를 보내고 있었다. 분명 고양이인데 순간 사람 얼굴이 겹쳐 보이는 걸 보니 내가 더위를 먹었나 싶었다. 녀석의 눈빛만큼이나 햇살이 강렬했던 7월의 여름날이었다.

고양이에 미친 나는 본능처럼 녀석에게 다가갔고 인사를 건넸다. 그러나 돌아오는 건 하악질…. '쳐다볼 땐 언제고 하악질을 날리네?' 이 녀석 혼꾸멍을 내줘야겠다 싶어 집에 들어가 동네 고양이들 홀리는 필수템인 닭고기를 들고 나왔다. 그러자 냄새를 맡더니 다가온다.

'훗… 그럼 그렇지.'

하지만 녀석은 경계가 심해서 바닥에 던져줘야만 먹었다. 닭고기를 맛있게 먹는 녀석을 찬찬히 훑어보고 있었는데 내 눈을 의심했다. 코숏(코리안쇼트헤어. 한국의 토착 고양이를 줄여 코숏이라 부른다.)이 아니었다. 붉은 갈색 털에 작은 얼굴, 그리고 긴 꼬리 끝은 마치 붓처럼 날렵했다. 마일로는 아비시니안(에티오피아 혹은 인도에서 자연발생한 단모종 고양이로, 짙은 눈화장이 특징이다.)이라는 품종과 흡사해 보였고, 그러고 보니 몇 달 전 밤에 산책하면서 마주쳤던 어린 고양이가 떠올랐다. 그 어린 고양이는 차 밑에서 애처롭게

뜨겁고 느끼한 시선이 느껴져…

울고 있었는데 내가 다가가니 무서운지 멀리 뛰어갔다. 어두운 밤이었지만 가로등 밑에서 본 그 어린 고양이는 분명 아비시니안이었다. 가출했나 싶어서 한참을 찾아보았지만 고양이는 흔적도 없이 사라져버렸고 그렇게 몇 달 후 훌쩍 커버린 녀석은 또 내 앞에 나타난 것이다.

반가운 마음에 상냥하게 말을 걸었지만 길에서 지낸 몇 달 동안 모진 풍파를 겪었는지 좀처럼 경계를 늦추지 않았다. 하지만 닭고기 맛에 홀딱 반해버린 녀석은 출퇴근 시간마다 골목에서 나를 기다렸다. 아니… 내가 주는 닭고기를 기다렸다. 그러더니 급기야 우리 집 근처에 있는 미용실 앞을 영역으로 삼기 시작했다.

녀석은 미용실을 오가는 여성들의 마음을 훔치더니 미용실 원장님까지 플러팅에 성공했는지 밥을 얻어먹으며 살기 시작했다. 나도 점점 출근하는 시간이 기다려지기 시작했다. 집을 나서서 골목으로 들어오면 내 발자국 소리를 듣고 녀석이 뛰어오기 때문이다. 그러면 나는 준비한 닭고기를 주고 눈 마주치며 종알종알 말을 건넨다. 그렇게 한 달을 보냈더니 결국 녀석은 나에게 슬쩍 다가와 얼굴을 부볐다. 지금까지 디올네 가족부터 앙꼬까지 많은 동네 고양이들을 겪어봤지만 먼저 나에게 스킨십을 하는 고양이는 처음이었다.

처음이 어렵다고 했던가. 녀석은 스킨십을 하기 시작하더니 그 뒤로는 거침없이 다가왔다. 두 발로 일어서서 다리에 매달리고 더 놀다 가라며 내 바짓가랑이를 붙잡았다. 녀석과 놀아주느라 지각하는 일이 잦아졌고 그러면서 이 버터 고양이와의 정도 걷잡을 수 없이 깊게 들어버렸다.

그러던 어느 날 심장이 '쿵' 하고 떨어질 뻔했다. 차와 오토바이가 쌩쌩 달리는 미용실 앞 골목길 한가운데에 이 녀석이 벌러덩 누워 있는 게 아닌가. 그것도 아주 요염하게. 처음에는 큰일 난 줄 알고 후다닥 달려가서 상태를 확인하는데 이 녀석… 길 한복판에서 자고 있다. 흔들어 깨워서 미용실 앞으로 데려왔다. 하… 내가 조금만 늦게 왔어도 무슨 일이 날 뻔한 상황이 너무 아찔했다.

그때 머리를 스치고 지나간 것은 그 해 봄이 되기 전 집 앞에서 로드킬을 당했던 디올이 엄마의 모습이었다. 녀석을 길에 그냥 두었다가는 또 잃게 될 것만 같아 대책을 세워야만 했다. 가장 유력한 대책은 입양이었다. 하지만 가장 큰 문제는 포우였다. 앙꼬와의 합사도 쉽지 않았는데 과연 또 성묘를 데려가면 포우가 가출한다고 하진 않을까? 그리고 사실 무서웠다. '구조했는데 앙꼬처럼 어디가 아프면 어떡하지?' '혹시나 전염병이 있진 않을까?' 등등 현실적인 문제들이 스쳐 지나갔다. 하지만 눈앞에 골골대고 있는 녀석을 외면할 수는 없는 노릇이었다. 그리고 내 마음은 이미 심하게 요동치고 있었다. 이대로 길에 두었다간 분명 후회를 할 것이고 그게 나를 평생 따라다니며 괴롭힐 것 같았다. 결국 돌아오는 주말에 녀석을 구조하기로 결심했다.

마음을 빼어가버린 마일로

주말이 오기를 손꼽아 기다리는데 뉴스에서 자꾸 불안한 소식이 들려왔다. 볼라벤이라는 엄청 큰 태풍이 북상하여 주말에 한반도를 관통한다는 게 아닌가. 길고 긴 시간이 지나 드디어 토요일이 왔고 일기예보대로 하늘은 점점 시커멓게 변했다. 내가 이동장을 들고 나갔을 때는 이미 비가 한두 방울 내리기 시작했다.

비가 와서 혹시나 다른 데 숨진 않았을까 싶어 급하게 나갔더니 녀석은 미용실 앞에서 예쁘게 앉아 왜 이제 왔냐며 큰 눈망울로 나를 쳐다봤다. 새끼 고양이나 구조해봤지 다 큰 성묘를 구조하는 건 처음이라 수능시험 칠 때보다 더 긴장되었다. 더군다나 앙꼬는 구조할 당시 구조자의 손을 거의 아작을 냈었기 때문에 성묘 구조에 대한 막연한 두려움이 가득했었다. 이동장 안에 캣닢 스프레이도 뿌려놓고 녀석이 좋아하는 닭고기도 준비하는 등 만반의 준비를 했다. 혹시나 이동장에 안 들어가려고 반항하는 경우 단디 붙잡을 각오로 그 더운 여름에 장갑에 긴팔까지 입었다.

'심장아 나대지 마…. 자연스럽게 굴어….'

드디어 이동장 문을 열었고 녀석을 안아서 넣으려는 순간, 혈투를 할 것이라는 나의 예상과 다르게 녀석은 자기 발로 종종종 걸어서 이동장 안에 '쏙' 들어갔다. 너무 당황해서 문을 닫을 생각도 못하고 쳐다봤더니 왜 문 안 닫냐는 듯이 쳐다본다. 정신을 차리고 이동장 문을 닫아 집으로 왔다.

어리둥절했던 나는 현실 파악을 못한 채로 길에서 오래 살았던 녀석을 바로 욕실로 데려가서 씻기기로 했다. 욕실에서 이동장 문을 열어주니 귀여운 목소리를 내며 나온다. (하… 내 심장….) 따뜻한 물을 조심스럽게 몸에 적셔주니 처음엔 놀라서 바둥대다가 기분이 좋은지 골골대기 시작한다. 물을 좋아하는 고양이라니. 난 축복받은 게 틀림없다. 하여튼 차 밑에서 생활했던 녀석의 기름때를 시원하게 벗겨주고 작은방으로 모셨다. 나름 합사 노하우가 생긴 나는 앙꼬와 포우 합사 때 쓰던 큰 케이지에 녀석을 넣어줬다. 아이는 케이지 안에서 그동안 못 잤던 잠을 몰아서 자는 듯했다. 낯선 곳에 온 고양이답지 않게 여유로운 표정과 행동도 곁들이면서 말이다.

그렇게 한숨 돌리고 있자니 이제 집냥이가 될 몸인데 멋진 이름을 선물하고 싶었다. 포우의 이름을 지어줬던 친구에게 말하니 바로 이름을 지어줬다. 어릴 때 먹었던 초코 우유 같다며 마일로가 어떠냐고. 친구는 정말 작명에 탁월한 재능이 있었다. 마일로라는 이름이 녀석에게 이렇게 찰떡같이 잘 어울리다니….

사실 마일로를 구조하기로 결심했을 당시에는 좋은 가족을 찾아주기로 마음 먹었었다. 더 이상의 합사는 우리 애들에게 스트레스를 줄 것 같았기 때문이다. 하지만 내 옆에서 골골대며 계속 눈을 마주치는 마일로를 보니 결심은 버터 녹듯이 녹아버렸다. 그래서 딱 일주일만 지켜보리라 생각했다. 만약에 애들이랑 어울리지 못하거나 싸운다면 바로 입양처를 찾겠노라고.

그러면서 시작된 합사 시도. 작은 방으로 아이들을 하나씩 소환하여 마일로와 대면시켰다. 놀란 점은 경계하고 긴장하는 것은 마일로가 아닌 다섯 녀석들이었다. 마일로는 바닥에 누워서 조금의 경계도 하지 않았고 관심도 없었다. 마일로의 관심은 오로지

물속성 고양이의 미소는 사람의 마음을 촉촉하게 만든다

내 위에 캔디,가 아니라 마일로
저희 잘 때도 손 잡고 자요

나에게만 향해 있었다. 의아했던 것은 포우가 하악질도 안 하고 그냥 지켜보기만 한다는 점이었다. 그리고 앙꼬는 적극적으로 마일로에게 들이댔다. 자신과 힘을 합쳐서 포우를 이겨보자는 편 먹기 작업인 것 같은데 고양이에 관심이 없던 마일로에게는 통하지 않았다.

마일로는 일주일 동안 큰 다툼 없이 지냈고 오히려 푸딩이와 잘 맞아서 둘이 같이 사고치며 놀기도 했다. 일주일을 지내고 보니 6마리 고양이와 함께 사는 것이 생각보다 힘들지 않았다. 이미 5마리와 지내는 데 적응했고 앙꼬라는 하드코어 고양이를 겪은 나에게는 1마리가 늘어난다고 달라지는 점이 없었다.

물론 감자와 맛동산 양은 더 많아지고 사료가 줄어드는 속도가 빨라졌다. 이 부분은 내가 더 부지런해지고 쇼핑을 덜 하면 해결되는 문제였다. '나를 희생해서 고양이 1마리라도 더 행복하면 된 거 아닌가?'라는 생각까지 미치자 기꺼이 마일로를 가족으로 받아들이기로 했다. 무엇보다 마일로가 보여준 나를 향한 집착과 열정적인 사랑이 그런 결심을 하게 만들었다. 책상에 앉아 있건 바닥에 누워 있건 항상 옆에 붙어 있는 덕에 마일로 사진이 많이 없다는 점도 참으로 '웃픈' 점이다.

마일로는 2012년 8월 19일 구조된 이후로 하루도 빠짐없이 나에게 안겨 변치 않는 사랑을 표현하고 있다.

3부.

헤어짐과 이별에서 시작된 묘연들

1. - 디올 이야기-
내 고양이는 안 걸릴 줄 알았다. 치사율 100% 복막염

마일로까지 가족이 된 후 나는 6마리 고양이의 집사가 되었다. 털복숭이들이 살 찌고 맘 놓고 자는 모습을 보면서 '보람'이라는 감정을 깊이 느끼는 시기였다. 하지만 6마리를 돌보면서 늘 행복한 일만 있던 것은 아니었다. 그 시작을 알린 건 우리 버터 왕자님의 땅콩 수확 날이었다. 화근이 된 건 중성화 수술이 아니라 집에 오기 전 잘 아물기 위해 맞은 항생제 주사였다. 집에 도착한 마일로는 갑자기 입에 거품을 물기 시작했고 몸이 축 늘어졌다. 항생제 알러지 반응이었고 호흡 곤란으로 하마터면 큰일 날 뻔했다. 빠른 응급조치로 마일로는 무사히 집에 돌아올 수 있었지만 다시는 하고 싶지 않은 경험이었다.

마일로 일을 계기로 나는 다시 커뮤니티를 드나들기 시작했다. 고양이 건강을 위해 지켜야 할 것들을 찾아보는데 유독 눈에 띄는 단어가 있었다. 바로 '복막염'이다. 자기네 고양이가 복막염에 걸렸다는 집사님들의 마지막 게시글은 언제나 아이가 무지개다리를 건넜다는 내용으로 끝났다. 그 당시에는 치사율 100%이며 치료제도 없고 원인도 모르는 무시무시한 병이었다.

지금은 신약이 개발되어 치료가 가능해졌지만 치료 비용이 중고차 한 대 값이라는 점에서 고양이 집사들이라면 여전히 이 병만큼은 피하고 싶은 1순위가 아닐까 싶다. 고양이 복막염은 고양이들 중 70%가 가지고 있다는 코로나 바이러스가 변이된 면역 질

잘생긴 디올

병이다. 범백만 무서운 줄 알았는데 더 무서운 병이 있었다.

남의 일이라고 생각한 벌일까. 야속하게도 우리 디올이 복막염에 걸리고 말았다. 시작은 거친 호흡과 계속되는 설사였다. 그리고 디올의 기력은 눈에 띄게 저하되었다. 매일 방을 뛰어다니면서 온갖 사고를 다 치던 아이가 구석에서 웅크리고 움직이질 않았다. 가벼운 감기라 생각하고 병원에서 검사를 한 결과 복막염이 의심되는 수치가 나왔다. 그리고 이미 디올은 흉수가 차기 시작했다. 이상을 감지하고 바로 왔음에도 진행이 너무나 빨랐다. 병원에서는 해줄 수 있는 것이 없었고 나는 디올을 데리고 집으로 와야 했다.

그날부터 고양이 커뮤니티에서 복막염에 관한 글을 찾아보며 몸에 좋다는 건 다 만들어 먹였다. 빈혈에 좋다는 소고기도 먹이고, 복수 빠지는 데 좋다는 호박즙도 주고, 매일 입에 맞는 것을 먹이겠다며 온갖 종류의 캔을 샀다. 조금이라도 먹어주면 어찌나 예쁘던지 '우쭈쭈' 하며 한 입이라도 더 먹이려 했다.

그렇게 디올이 투병한 지 두 달이 흘렀다. 복막염에 걸리면 보통 한 달 이내로 별이 되는 경우가 많은데 디올은 기특하게도 강제 급여도 잘 받아주고 약도 얌전히 잘 먹어줬다. 그럼에도 디올과 같은 시기에 복막염에 걸린 아이들이 하나둘 별이 될수록 내 마음은 점점 불안해져갔다. 디올도 어느 날 갑자기 떠날수도 있겠다는 생각에 늘 애간장이 탔다. 퇴근하고 현관문을 열 때가 제일 무서웠다. '혹시나 디올이 잘못되어 있지 않을까.' 하는 마음에 문 열기를 몇 번이나 주저했다. 그러나 디올은 그 힘든 몸으로 현관 앞까지 마중을 나와줬고, 그럼 난 제일 좋아하는 간식을 주며 매일매일 안아줬다.

고양이를 키운 지 이제 막 1년이 된 초보 집사에게 환묘를 케어 한다는 것은 생각보다 쉽지 않았다. 그럼에도 주변에 디올의 투병 소식을 알리지 않고 혼자 묵묵히 간호했다. 당시에는 복막염이 아니라고 믿고 싶었는지도 모르겠다. 입 밖으로 그 단어를 꺼내면 디올이 정말 그 병에 걸린 것만 같아서 애써 외면했다. 하지만 내가 아무리 부정해도 근육질의 탄탄했던 디올의 몸은 점점 야위기 시작했고, 야윈 몸 양옆으로 복수에 찬 배가 불룩하게 나오기 시작했다. 디올은 점점 호흡하기도 힘들어 보였다.

어느 주말 아침, 디올이 츄르가 먹고 싶었는지 보채기 시작했다. 하지만 염분이 많은 츄르가 몸에 좋을 리가 없었다. 보채는 아이를 달래며 미안하지만 츄르 대신 약을 먹여야만 했다. 그런데 디올의 호흡이 평소보다 더 힘들어 보였다. 흉수가 많이 찬 것 같으면 병원으로 데리고 오라는 수의사 선생님의 말이 떠올라 이동장을 꺼내니 디올이 구석으로 숨어버렸다. 병원 트라우마가 있는 아이라, 그 기운 없는 와중에도 이동장을 보고는 숨은 것이다.

마음이 아팠지만 디올을 겨우겨우 달래서 집을 나섰다. 병원까지는 걸어서 10분. 집 밖으로 나서는 순간 이동장에서 디올이

점점 야위어가는 디올

흥분한 것처럼 펄쩍 뛰었다. 난 기력이 생겼나 싶어 희망을 안고 병원으로 향했다. 그렇게 이동장 문을 열고 디올을 꺼내려는 순간 이상함을 느꼈다. 조금의 미동도 없던 디올…. 너무 피곤해서 잠이 든 건가 싶었는데 선생님이 보시고는 믿을 수 없는 말을 하셨다. 이미 무지개 다리를 건넜다고. 병원을 오는 도중에 심장마비로 디올은 그렇게 허무하게 별이 되었다. 10분 전만 해도 눈을 마주쳤던 디올이 이제 깊은 잠에 들었다고 하니 왈칵 눈물이 쏟아졌다. 난생 처음 느껴보는 감정이었다. 디올을 데리고 집으로 오는 중에도 계속 엉엉 울었으며 집에 돌아와 현관을 들어서지도 못한 채 그대로 주저앉아 대성통곡을 했다. 감정을 제어할 수 없었다. '아침에 그냥 츄르 줄걸' '병원 가기 전에 한 끼라도 더 먹일걸' '그냥 병원 가지 말걸' 디올이 떠난 슬픔 뒤에 후회와 죄책감이 나를 때리는 것만 같았다.

하지만 이렇게 계속 울고 있을 때가 아니었다. 잔인하게도 현실적으로 해야 할 과정들이 남아 있었다. 일단 아이들에게 디올과 인사를 나누게 해줬다. 평소 자식처럼 예뻐해주던 포우가 디올에게 부비며 마지막 인사를 했다. 푸딩이는 오열하는 나를 보더니 구석으로 숨어버렸다. 당시에는 지금처럼 반려동물 장례업체가 많지 않아 집에서 먼 곳까지 가야만 했다. 디올은 화장하지 않고 상온에서 건조시키는 방식으로 한 줌의 흙이 되었다. 디올을 어디에 보내줄까 고민하다가 어릴 때부터 자주 가던 올림픽 공원으로

편히 쉬고 있지?

향했다.

올림픽 공원에는 일명 왕따나무라는 큰 나무가 있는데 그 옆으로 디올을 보내주고 싶었다. 작은 집에서 마음껏 뛰어놀지도 못하고 매일 사고친다고 꾸지람했는데 그곳에서나마 자유롭기를 바랐다. 그리고 못난 엄마를 용서해주길 바라는 마음이었다. 다시 자연으로 돌아간 디올을 뒤로 하고 빈 이동장과 함께 집에 돌아왔다.

푸딩이는 디올 형이 없어진 충격이 컸는지 한동안 구석에서 나오지 않았다. 포우와 샤넬도 매일 함께 자던 디올이 다시 돌아오지 않을 것을 알았는지 내 눈치를 보며 어리광을 부리지 않았다. 그날 밤 블로그에 디올의 소식을 쓰면서 또 엉엉 울었는데 이불에서 자고 있던 샤넬이 책상 위로 올라오더니 내 볼에 얼굴을 부비적거렸다. 그런 샤넬을 안고 또 엉엉 울다가 이제 디올은 아프지 않은 곳으로 갔으니 그걸로 된 거라며 나를 위로해보기도 했다.

고양이 집사가 되고 1년 반도 안 되어 첫 이별을 했다. 너무 아팠고 다시는 경험하고 싶지 않았다. 디올이 나에게 마음을 열어줬던 그날의 온기를 더 오래오래 누리고 싶었는데 이제는 그리움으로 묻어야만 한다. 내 첫 반려묘와 첫 이별을 하게 된 후, 우리 털복숭이들을 후회 없이 사랑해주자는 마음이 커졌고, 집 앞에 찾아오는 손님들을 대하는 마음가짐도 달라졌다. 이별은 아팠지만 그로 인해 순간순간을 더 소중하게 여기게 되었다.

2. - 랭이 이야기 -
이사 가기 전날 딱 걸렸다

2011년부터 집 앞으로 밥 먹으러 오던 빠빠와 아기 고양이들은 2012년 가을이 되자 더 이상 오지 않았다. 아마도 길 생활을 하는 고양이치고는 나이가 적지 않았던 빠빠가 새로운 영역을 찾아 나서지 않았을까 생각한다. 그러자 새로운 고양이 손님들이 찾아왔고 그중엔 빠빠와 영역 다툼을 하던 녀석도 있었다.

2013년 봄이 오기 전, 날씨가 매섭던 때였다. 어김없이 집 앞에 오는 손님들을 위해 밥을 차리고 있었는데 누군가 나를 수줍게 쳐다보는 시선이 느껴졌다. 담 위에서 얼룩덜룩한 코트를 입은 카오스냥이가 갸우뚱거리며 나를 보고 있었다. 카오스…. 어지럽고 질서가 없는 상태라는 뜻에 걸맞게 나는 귀엽네 어쩌네 할 겨를도 없이 그 아이의 눈빛에 홀딱 반해버렸다. 사실 나는 고양이들을 사랑하지만 카오스냥이들의 매력을 이해하지 못했었다. 아무래도 직업이 디자이너라 대칭이나 균일한 패턴을 가진 아이들에게 더 눈이 간 건 사실이다.

그런데 꾀죄죄한 얼룩 코트를 입고 쳐다보는 소심한 눈빛과 귀여운 몸짓은 나를 혼돈의 카오스로 만들어버렸다. 수줍게 '나 그거 먹어도 돼요?'라는 듯한 눈빛을 보내며 주저하고 있길래 참치 한 그릇을 건네줬다. 배가 고팠는지 허겁지겁 먹는 아이의 몸은 정말로 작았다. 다리가 짧고 얼굴은 둥글둥글한 아이는 등쪽의 패턴이 마치 호랑이 무늬와 같아서 이름을 랭이라고 지어줬다.

"저도 그거 먹어도 될까요?"

랭이는 그렇게 참치를 얻어먹고는 메뉴가 마음에 들었는지 매일 오기 시작했다. 겁이 많아 경계가 심하던 녀석은 어느 날부턴가 문 밖에서 울면서 나를 부르기 시작했다. 나가 보면 어찌나 예쁘게 앉아 있던지…. 이 녀석 사람을 홀리는 솜씨가 보통이 아니었다. 랭이도 마일로처럼 결국 닭고기 간식에 손길을 허락했다. 한번 손맛을 본 랭이는 그 후로 만날 때마다 만져달라고 떼를 쓰곤 했다.

출근하려고 현관문을 열면 랭이가 어김없이 나를 기다리고 있었다. 나는 랭이를 한참 쓰다듬어 주고 오늘도 차 조심, 사람 조심하라고 단단히 일러둔 뒤 닭고기를 주고 집을 나선다. 몇 발자국 못 가 뒤를 돌아보면 랭이가 똥그란 눈으로 눈인사를 해준다. 그러고는 짧은 다리로 터벅터벅 따라와 집 앞 골목까지 배웅을 해줬는데, 그 모습이 미치도록 사랑스러웠다.

퇴근 후에도 랭이는 문앞에서 조용히 웅크리고 기다리다가 나를 발견하면 작은 목소리로 "빼옹빼옹" 울기 시작했다. 나는 가방도 못 내려놓은 채 랭이 밥을 챙겨주며 또 한참을 쓰다듬어 줬다. 하루 중 제일 괴로웠던 순간이 밖에 있는 랭이를 뒤로하고 현관문을 닫는 순간이었다. 집 앞 가로등 불빛에 랭이의 실루엣이 반투명한 현관문에 비칠 때면 늘 미안하고 미안했다. 그래서 더 신경 써서 생식도 만들어주고 좋은 사료도 사다 먹였고 랭이는 점점 포동포동 살이 찌기 시작했다.

배웅해주는 랭이

잘 다녀오라옹

그러던 어느 날, 랭이의 몸이 어딘가 모르게 수상했다. 옆구리가 점점 불룩해지는 것이 심상치 않아 보였다. 사진을 찍어 커뮤니티에 물어보니 사람들은 하나같이 입을 모아 임신한 것 같다고 했다. '이렇게 어린 아이가 임신을?' 랭이가 체구가 작아서 어린 고양이라고만 생각했던 내가 너무 안일했다. 하지만 크게 신경을 써줄 수가 없었다.

엎친 데 덮친다고, 살던 집을 허물고 빌라를 짓는다 하여 방을 빼야 했기 때문이다. 다묘가정이 된 이후 첫 이사였다. 일단 집을 구해야 했는데 일명 벽뷰라고 불리는 빛 한 점 들어오지 않는 집에서 산 게 한이 되었던 나는 다음 집은 무조건 채광이 좋은 집으로 가야겠다고 생각했다. 반려 동물을 받아주는 집을 찾다보니 젊은 1인 가구가 많이 사는 동네를 둘러보았고, 결국 작은 베란다가 있는 오피스텔로 계약을 했다. 작은 평수였지만 통유리 베란다에 홀딱 넘어간 나는 이미 털복숭이들과의 장밋빛 미래를 그리고 있었다. 문제는 전세에서 월세로 바뀌면서 경제적으로 부담이 생겼다는 것. 하지만 어쩌겠는가… 내가 더 열심히 벌어야지.

이사 날짜를 잡고 나니 현실적으로 고민할 것들이 너무 많았다. 이 많은 고양이들을 어떻게 옮길지부터 이삿짐 옮기는 동안 아이들을 어떻게 해야 하는지까지. 그러던 와중에 알아낸 것이 바로 고양이 호텔이었다. 고양이를 맡아주는 서비스가 있다니 정말 나에게는 한줄기 빛과 같았다. 비용은 결코 만만치 않았지만 눈

꼭 감고 새출발을 위한 투자라고 생각하기로 했다. 고양이 호텔 측에서 직접 아이들을 픽업하러 와주셨고, 태어나서 차를 타고 긴 이동을 하는 건 처음인 아이들은 빽빽 울고불고 난리가 났었다. 호텔에 도착하여 큰 방에 아이들을 풀어주니 그제야 울음을 멈추고 기웃거리며 방을 탐색했다. 다행히 크게 스트레스 받은 아이가 없었고, 나는 틈만 나면 아이들을 만나러 가며 결코 너희를 버린 게 아니라는 것을 알려줬다. 털복숭이들은 이렇게 호텔에 잘 맡겨서 고민을 해결했고, 이제는 짐 정리가 남았다.

늘 꽁꽁 닫아 놨던 현관문을 활짝 열고 대청소를 시작했다. 그런데 소란스럽게 냉장고를 정리하던 내 등 뒤에서 "빼옹빼옹" 우는 소리가 들렸다. 뒤를 돌아보니 세상에… 랭이가 집 안으로 들어와서는 나를 보며 빽빽 우는 것이다. 황급히 참치를 챙겨서 주니 먹는 둥 마는 둥 하다가 집이 궁금한지 계속 기웃거린다. 평소에는 털복숭이들 때문에 현관에도 못 들어오던 랭이가 나와 집 안에 단 둘이 있는 것이다.

랭이는 연신 눈을 마주치며 왜 평소와 달리 문을 열어두었냐고 묻는 듯했다. 순간 뜨끔했다. 이사 준비를 하느라 랭이와 곧 헤어져야 하는 사실도 깜빡 잊고 있었다. 이 조그마한 랭이를 두고 가야 한다고 생각하니 마음이 너무 아렸고, 고민 끝에 나는 결국 현관문을 닫아버렸다. 하던 청소도 때려치우고 랭이를 이동장에

스스로 걸어 들어온 랭이는 잔소리 중

넣고 병원으로 향했다. 영문도 모른 채 병원까지 오게 된 랭이는 세상 순한 모습으로 진료를 받았다. 기본 검진과 초음파로 임신을 확인했다. 정말 랭이의 작은 몸 안에는 더 작은 생명체가 자라고 있었다. 그것도 4마리나. 출산은 앞으로 2주 정도 남은 듯했다.

이 사실을 알게 된 이상 랭이를 길에 보낼 수 없었다. 집으로 돌아와 워터리스 샴푸와 물티슈로 꼬질꼬질한 랭이의 몸을 닦아 주었다. 자기 몸을 박박 닦는데 뭐가 그리 좋은지 계속 골골거리며 내 무릎에 얌전히 누워 있는 랭이…. 정말 동네 고양이가 맞을까 싶을 정도로 발톱 한 번 세우지 않고 순순히 받아들인다. 물티슈 한 통을 다 써도 꼬질함이 남아 있던 랭이가 너무 귀여웠다.

털복숭이들이 호텔에 있는 동안 적막했던 집은 작은 랭이가 대신 채워주었다. 컴퓨터 앞에 앉으면 쁘르르 따라 올라와 내 팔을 베고 눕는 모습에 눈물이 날 뻔했다. 이렇게 사람 품이 좋은 아이가 어쩌다 길에서 헤매게 된 걸까. 털복숭이들 몰래 랭이와 행복한 시간을 보내며 이사 준비를 했다. 랭이가 집에 있으니 왠지 모를 안도감에 출근길도 발걸음이 가벼웠다. 이제는 랭이가 집에서 배웅을 해주고, 퇴근하고 돌아가면 집에서 마중을 나온다.

이런 안도감 때문이었을까…. 고양이 집사가 된 후 여행다운 여행을 못 다녔던 나는 털복숭이들이 호텔에 있는 동안 짧게 친구와 여행을 다녀오기로 했다. 랭이를 집에 혼자 두고 가기엔 불안해서 랭이도 호텔에 2박만 부탁을 드렸다. 랭이에게 꼭 다시 데리러 올 테니 걱정 말고 푹 쉬고 있으라고 인사를 하고 그렇게 나는 여행을 떠났다. 여행하는 중에도 아이들이 걱정되어 친한 동생이 대신 면회를 다녀와서 소식을 전해주기도 했다.

그러던 중 호텔 사장님에게 메시지가 왔다.

'랭이가 새벽에 혼자 새끼를 낳았어요. 4마리 낳았는데 랭이

작고 통통한 카오스냥

가 아무것도 먹질 않아요.'

순간 가슴이 철렁했다. 출산까지 2주 정도 남았다는 말만 믿고 있었는데 생각보다 더 빨리 출산을 하게 된 것이다. 한국으로 돌아와 바로 고양이 호텔로 달려갔다. 호텔 사장님께서 랭이가 보호자가 간 뒤로 구석에 숨어 있고, 밥도 잘 안 먹어서 걱정된다며 지금 출산해서 많이 예민할 테니 조심하라고 당부하셨다. 두근거리는 마음으로 랭이가 묵는 방을 들어서자 구석에 웅크리고 있던 랭이가 냥냥대며 달려온다. 마치 왜 이제 왔냐며 잔소리를 하는 듯했는데 그마저도 너무 사랑스러웠다. 랭이는 내 다리에 기대 누워 발라당하더니 우렁차게 골골대기 시작했다.

랭이는 아마도 내가 자기를 낯선 곳에 버리고 갔다 생각하고 상심이 컸던 것 같다. 그렇게 한참을 골골대다가 새끼들을 보여주겠다며 새끼들이 자고 있는 방석으로 쏙 들어간다. 아직 눈도 못 뜬 꼬물이들이 엄마가 오자 엄마 젖을 찾느라 분주하다. 삼색이, 턱시도, 젖소, 노랑둥이까지 골고루 예쁘게도 낳았다. 그럼에도 내 눈엔 오로지 랭이만이 들어오는 것이 나도 랭이의 엄마가 다 됐나 보다.

우여곡절 끝에 드디어 이사를 했고 랭이와 꼬물이들이 지낼 만 한 공간을 만든 뒤 랭이가 오기를 기다렸다. 출산한 랭이가 예민할 수도 있어 털복숭이들보다 랭이를 먼저 데려왔다. 새로운 집에 입성한 랭이는 집이 마음에 들었는지 여기저기 탐색하다가 메

네 볼따구를 걸고, 네 행복을 약속해

쉬망으로 만든 아기방에 쏙 들어가 꼬물이들과 늘어지게 잠이 들었다. 종종 수유를 마친 랭이는 베란다 한편에서 반짝이는 야경을 한참 동안 바라보곤 했다. 그리고 나는 그런 랭이를 보며 다짐했다. 평생 행복하게 해주겠다고.

3.
작은 원룸에서도 우린 행복했다

랭이를 이사한 집으로 먼저 데리고 온 건 신의 한 수였다. 일주일 사이 랭이는 새 집에 완벽 적응하여 아가들을 알뜰살뜰 키워냈고 오랜 호텔 생활을 마치고 새 집으로 온 털복숭이들은 도대체 여기는 또 어딘가 하며 눈이 휘둥그레져서 집을 탐색했다. 털복숭이들이 허둥지둥 당황한 사이에 랭이는 마치 전부터 같이 살아왔던 가족인 것처럼 '여기는 베란다고, 여기는 거실이야~'라며 꼬리를 살랑거리며 집을 안내했다. 새로운 고양이에 대한 적대심이 강한 포우마저도 랭이의 귀여운 외모와 친절함에 녹아버렸다. 그렇게 랭이는 아주 자연스럽게 털복숭이들과 합사가 되었다.

비록 작은 원룸이지만 통유리로 된 베란다가 있어 털복숭이

자고 일어난 아침 상황

들도 행복해했다. 아이들은 바깥 세상을 구경하며 대부분의 시간을 따뜻한 햇살 아래서 노곤노곤 쉬며 보냈다. 다만 랭이의 아가들은 하루가 다르게 무럭무럭 자랐고 한 달이 지나자 뛰어다니기 시작했다. 4월 봄에 태어난 아가들의 이름은 무궁화에서 따와 무이, 궁이, 호아라 지었고, 화려한 옷을 입은 삼색 아가는 튤립에서 따와 튜리라고 지었다. 무이, 궁이, 호아, 튜리는 주로 푸딩이와 포우가 전담하여 놀아주었고, 육아에서 벗어난 랭이는 나와 더 많은 시간을 보냈다.

하지만 10평 원룸에서 고양이 10마리와 함께 산다는 것은 아이들에게도 좋은 환경은 아니었다. 랭이는 아이들이 3개월이 넘어가자 점차 정을 떼며 독립시킬 준비를 했고 다행히 아가들은 블로그에서 많은 이웃들의 사랑을 받던 중이었다. 그중 랭이의 아가들을 입양하고 싶어하는 분들이 많아, 심사숙고하여 아이들의 평생 가족을 찾아주었다.

아가들이 가고 나니 덩달아 육묘에서 해방된 포우는 랭이와 절친이 되었고, 마치 혈육인 것처럼 랭이를 챙겨주고 보살폈다. 누가 보면 포우가 남편인 줄 알 정도로 찐한 애정행각을 하는 것이 가끔은 눈꼴 시릴 정도였다. 이 작은 집에 이사온 후 포우도 앙꼬를 받아주기 시작했고 우리 털복숭이들에게는 평화로운 날들이 계속됐다. 내가 누워 자는 슈퍼싱글 침대는 늘 만원이었고, 나는 도대체 어떻게 잤는지 모를 정도로 고양이들에게 둘러싸였던

랭이가 낳은 꼬물이들

기억이 난다. 아침에 일어나 눈을 뜨면 마일로는 나와 같이 베개를 베고 있고, 앙꼬는 내 팔 안에 들어와 있었으며, 랭이는 배 위에, 샤넬과 푸딩이는 다리 사이, 그리고 포우는 그 모습을 도끼눈을 뜨고 째려보고 있었다.

잠자리만 그러한가. 게임 좀 하려고 컴퓨터 앞에 앉으면 녀석들은 키보드 위, 무릎 위, 어깨 위에 달라붙어서 온몸으로 게임을 방해하고, 청소하려고 캣타워나 가구를 옮길 때면 일부러 그 위에 올라가 놀이 기구 타듯이 즐거워했다. 이런 모습이 얄미울 때도 허다했다.

우리 털복숭이들 중 누군가의 생일이 돌아오면 같은 건물에 사는 집사 친구들을 초대해 생일잔치를 해주곤 했었는데 특히 우리 집 장남인 포우의 생일을 제일 화려하게 했었다. 그래야 포우가 심술을 부리지 않았기에…. 전단지도 만들어 붙이고 파전에 도토리묵에 국수까지 준비해서 정말 잔칫상을 차리기도 했다(누구를 위한 잔칫상인지는 모르겠지만).

사람 3명이 간신히 앉을 정도로 작은 집이었지만 떠들썩한 생일잔치에 사람이고 고양이고 모

구순잔치에 초대합니다

믿기지 않겠지만 포우의 잔칫상

두 즐거웠고 행복했다. 누가 고양이를 독립적이라고 했던가. 서로에게 없어서는 안 될 존재가 되어버린 우리 털복숭이들. 우리는 이 작은 집에서 힘든 일도 잘 이겨냈고 행복을 키워나갔다. 그리고 이대로 영원할 줄만 알았다.

랭이의 변화를 알아차렸을 땐 이미 늦었다

2018년 겨울, 6마리 고양이들과 복닥거리며 지낸 시간이 어느덧 5년이 되었다. 퇴근 후 집에 오면 아이들 하나하나 주무르며 교감하는 것이 일상이었다. 특히나 마일로, 샤넬, 랭이, 앙꼬는 늘 내 무릎을 두고 엄청난 신경전을 치르기도 했다. 이럴 때마다 신은 왜 집사에게 무릎을 2개밖에 안 주셨나 아쉬운 마음뿐이었다.

랭이의 변화를 처음 알아차렸던 날도 퇴근 후 바닥에 앉아서 애들을 주무르고 있었다. 살이 올라 포동포동했던 랭이의 옆구리를 무심코 만졌다가 뭔가 딱딱한 게 느껴졌다. 갈비뼈 바로 아래쪽에 있는 장기는 신장이다. 순간 뒷목이 빳빳해지면서 무언가 잘못되었음을 직감할 수 있었다.

다음 날 바로 랭이를 데리고 병원에 갔다. 랭이의 복부를 촉진하던 선생님의 표정이 굳어졌다.

"이거 심각한데…."

늘 여유가 넘치던 수의사 선생님이 당황한 것을 본 건 나도 처음이었다. 당장 초음파 검사를 시작했고 랭이는 아무렇지 않은 표정으로 배를 보이며 해맑게 누워 있었다. 초음파 검사기 화면에는 랭이의 신장이 보였는데 시커먼 동그라미가 가득했다. 랭이의 진단명은 PKD라고 불리는 다낭성 신장병증이었다. 보통 신부전 증상은 신장이 쪼그라들거나 딱딱하게 변하는데 이 병은 신장에 작은 구멍들이 생기면서 신장이 점점 커지는 병이다.

선생님은 이 병은 대체로 유전병이며 보통 페르시안 품종에서 나타난다고 하셨다. 그리고 이 정도로 진행된 상태라면 랭이의 나이가 생각보다 많을 거라고 하셨다. 몸집이 작아서 마냥 어린 고양이라고만 생각했는데 생각보다 우리 랭이는 나이가 많았던 걸까? 당시 랭이의 추정 나이는 7살이었지만 10살이 넘었을 수도 있었다.

서둘러 혈액검사를 했고, 결과가 나오는 15분 동안 오만 가지 생각이 들었다. 큰 병원에 가서 수술을 받아본다면 조금 달라질까 고민했지만 선생님은 양쪽이 다 진행 중이라 수술도 무의미하다고 하셨다. 조금 뒤 혈액검사 결과가 나왔다. 결과지를 읽은 선생님은 갸우뚱한 표정으로 검사지를 보여주었다. 모두 정상 수

치였다. 신장이 이 정도로 커졌으면 수치가 비정상으로 나와야 하는데 랭이의 구멍난 신장은 열심히 자기 역할을 해내고 있던 것이다.

똑똑한 랭이는 평소에 소식을 하고 응가도 다른 아이들에 비해 작은데, 요 조그만 녀석이 스스로 몸을 컨트롤하고 있었나 보다. 신장이 이렇게 커지면 장을 압박해서 변비에 많이들 걸린다고 한다. 특히 많이 먹으면 신장에 무리가 가는데 랭이는 스스로 적게 먹고 응가를 작게 만들어 내보내고 있던 것이다. 일단 보조제를 먹이며 계속 지켜보기로 하고 집에 돌아왔다. 랭이는 별것도 아닌데 왜 호들갑이냐는 듯 집에 돌아와서 평소와 똑같이 잘 놀고 잘 먹고 잘 잤다.

우리는 매년 그랬던 것처럼 떠들썩하게 크리스마스도 함께 보냈고, 2019년 새해도 맞이했다. 매일매일 랭이에게 보조제를 먹이는 것만 달라졌을 뿐 우리의 일상은 한결같았다.

랭이의 신장이 더 버텨주길 바라던 5월의 어느 날, 랭이가 속이 불편한지 캣타워에 누워서 내려오질 않았다. 병원에서 혈액검사를 하니, 랭이의 신장은 견디기 힘들어하고 있었다. 수치표는 너무 절망적이었다. 비정상인 수치를 잡기 위해 또 보조제가 추가되었고 작고 마른 랭이의 등에 수액 바늘을 찌르는 피하수액도 더 자주 해줘야 했다. 랭이에게는 남은 시간이 얼마 없었다.

병원에 다녀오고 한동안은 랭이의 상태가 많이 안 좋았다.

호들갑 떨지 말라냥

신장병에는 변비가 치명적인데 제때 배출하지 않으면 독소 때문에 속이 울렁거린다고 한다. 변비 때문인지 랭이는 웅크리고만 있고 밥을 거부하기 시작했다. 하지만 나에게는 다년간 변비대장 앙꼬를 통해 연마한 응가 빼내기 기술이 있다. 랭이의 장을 조물조물 만져서 새끼 손가락보다 더 작은 응가를 빼줬다. 처음엔 싫다고 발버둥치더니 응가가 나오자 속이 한결 편해진 것 같았다.

원래도 작았던 랭이는 살이 점점 빠졌고 빠진 살을 찌우기 위해 강제 급여를 해야 했다. 강제 급여에도 방법이 여러 가지인데, 유동식을 만들어 주사기로 입에 넣어주는 방법과 사료와 영양제를 골고루 섞어 환처럼 만들어서 입에 넣어주는 방법이 있다. 온갖 방법을 해본 결과 냄새만 맡아도 구역질을 하는 랭이에게는 환 형태로 만들어서 그냥 꿀떡 삼키게 하는 방법이 최선이었다. 아침저녁으로 사료를 갈아서 불리고 영양제를 섞어 동글동글 만들어 먹이는 게 손도 많이 가고 시간도 많이 들었지만 랭이를 살리기 위해선 다른 방법이 없었다.

그러던 어느 날 식음을 전폐하고 시들었던 랭이가 다시 피어나기 시작했다. 6월 5일. 내 생일에 선물처럼 랭이는 스스로 먹기 시작했다. 그때의 기분은 이루 말할 수 없다. 기적을 경험한 기분이랄까. 참치캔을 맛있게 먹어주더니 빈혈 때문에 어지러워서 누워만 있던 랭이가 앉아서 그루밍까지 했다. 또 다시 서 있는 랭이를 다시 볼 수 있을까 했는데 랭이는 보란듯이 일어났다. 스스로

랭이가 걱정스러운 푸딩이와 포우

탁자 위에도 올라오고 참치를 달라고 보채기까지 하는 랭이를 보며 나는 희망이란 것이 생기기 시작했다. 랭이는 힘든 몸을 있는 힘껏 쥐어짜서 행복을 안겨줬다.

행복하고 야속한 2주였다. 랭이는 빈혈이 점점 심해졌고 이제는 높은 곳에 오르지 못했다. 신장이 이제는 힘들다고 신호를 보내고 있었다. 랭이는 차갑고 어두운 구석을 찾아다니기 시작했고 결국 화장실 타일 바닥에 누워버렸다. 그리고 그런 랭이의 곁에는 포우가 항상 함께 있었다.

5.
랭이의 성대한 장례식

자꾸만 차가운 화장실 바닥에 누우려는 랭이를 끌어냈다. 하지만 어떻게든 기어서 다시 찬 바닥을 향하는 랭이를 보고는 그저 뜻에 따르기로 했다. 나도 화장실 앞에 이불을 깔았다. 랭이가 외롭지 않게 함께 지켜주기로 했다. 그런 나의 뜻을 알아차린 듯 털복숭이들도 다 같이 모여 랭이와 시간을 함께 보냈다.

이제는 "랭이야~"라고 이름만 불러도 강제 급여 하는 줄 알고 구역질부터 하는 랭이에게 더 할 수 있는 건 없었다. 이제 그만하겠다고 랭이 하고 싶은 대로 하라고 토닥여줬다. 말을 알아들었는지 그제야 긴장을 내려놓고 손을 만지게 해준다. 예쁜 분홍색이던 랭이의 젤리가 빈혈 때문에 하얗게 변해버렸다. 조금이라도 도움이 될까 발을 따뜻하게 해주고 랭이가 좋아하던 빗으로 조심스럽게 빗질을 해줬다. 랭이도 조용히 손길을 받아줬다.

길고 긴 새벽을 보냈다. 랭이는 여전히 견뎠고 나는 순간 갈등했다. 랭이가 어쩌면 살고 싶은 걸까… 치료를 해줘야 할까 하다가 랭이의 마른 몸과 볼록한 배를 보고 헛된 희망임을 알았다. 어쩌면 랭이는 작별 인사를 오래오래 하고 싶은지도 모르겠다. 랭이의 작은 몸은 아주 작은 힘까지 쥐어 짜내며 소중한 시간을 선물해주고 있었다. 그렇게 랭이는 최선을 다해 버텨줬고 이제는 더 이상 소변이 나오질 않았다. 시간이 얼마 없음을 작디작은 몸이 알려주고 있었다.

랭이는 이제는 힘이 없는지 메스꺼움 때문에 내리지 못하던 고개도 떨군 채 잠이 들었다. 얼마 만에 잠이 든 것일까…. 편히 자고 있는 모습을 보니 엄마의 마지막이 겹쳐 보였다. 엄마도 끝까지 정신을 놓지 않으려 했었고 끝까지 내 이름과 생일을 기억해줬다. 그렇게 내 이름을 뱉고는 깊은 잠에 드셨다. 고통 없이 아주 편안한 모습으로.

나는 랭이를 보며 그 순간이 떠올랐고 이제는 정말 마지막 인사를 해야 할 시간이 왔음을 느꼈다. 길고 어두웠던 새벽 내내 랭이가 언제 떠날지 몰라 잠도 못 자고 계속 옆을 지켰다. 평소 사이가 좋았던 포우와 푸딩이도 걱정이 되었는지 곁을 떠나지 않았고, 포우는 침으로 꼬질꼬질해진 랭이의 얼굴과 다리를 깨끗하게 그루밍해줬다. 그런 포우가 너무 고마웠다.

랭이가 그렇게 천천히 이별할 시간을 줄 때 나는 비로소 현실적인 문제를 해결해야 했다. 길에서 치열하게 살았던 랭이가 스스로 묘생역전을 선택하고 많은 이들에게 귀여움으로 행복함을 선물했으니, 마지막 순간은 제일 화려해야 한다는 생각뿐이었다. 서울에서 가장 크고 멋진 반려동물 장례업체를 찾았다. 랭이의 마지막을 성대하게 치러주기로 마음먹고 나니 차츰 슬픔이 내려앉고 랭이의 새로운 출발을 축복해줘야겠다는 생각이 들기 시작했다. 나의 슬프고 무거웠던 마음이, 조용히 생을 정리하는 랭이를 보며 경이로운 마음으로 변하기 시작했다.

계속 웅크리고 있던 랭이는 비틀대며 포우를 찾아갔다. 힘들게 다가간 랭이를 위해 포우는 또 구석구석 예쁘게 그루밍을 해줬다. 그렇게 깔끔해진 랭이는 더 이상 기척이 없어졌다. 이제는 정말 마지막 순간만 남았다. 나는 랭이를 예쁜 방석 위에 올려주고 주변을 랭이가 좋아하던 장난감과 인형들로 감싸줬다. 그리곤 랭이 귀에 대고 하고 싶은 말들을 쏟아내기 시작했다.

우리 랭이 그동안 너무 수고했어. 엄마가 강제로 급여하고 수액하고 약 먹여서 미안해. 랭이랑 더 오래 살고 싶어서 그랬어. 아팠다면 정말 미안해. 넌 최고의 고양이야. 최고로 귀여운 고양이야. 엄마한테 와줘서 정말 고마워. 이제 애쓰지 말고 무지개 동산에 소풍 가서 신나게 놀자. 디올 오빠랑 만나서 놀고 있으면 엄마가 꼭 만나러 갈게. 우린 꼭 다시 만나게 되어 있어. 약속할게. 그때는 우리 아무도 아프지 말고 행복하기만 하자.

오후 2시 45분…. 곤히 자고 있던 랭이가 갑자기 기지개를 펴듯이 온몸을 쭉쭉 뻗기 시작했다. 그렇게 몇 번의 움직임 끝에 크게 한 번 숨을 뱉고는 세상에서 가장 예쁜 별이 되었다. 너무나 랭이다운 완벽한 마지막이었다. 고통스러워하지도 않고, 모두에게 준비할 시간을 선물한 랭이었다. 그런 아이가 너무 고마웠다. 랭이에 대한 기억이 아름다운 것들만 남게 되었으니까…. 랭이가 버텨준 그 시간은 우리가 충분히 슬퍼하고, 마지막을 어떻게 맞이할지 고민하게 했으며, 마지막 순간이 왔을 때 어떤 말을 할지 정리할 수 있게 해주었다.

랭이와의 눈물 범벅 작별 인사가 끝난 뒤 가까운 지인들에게 소식을 알렸다. 그리고 정신을 차리고 보니 랭이의 장례식을 해야 했다. 눈물을 다 쏟았다고 생각했는데 장례업체 직원이 전화를 받자마자 랭이가 떠났다는 것이 현실이 되면서 오열하고 말았다. 겨우 마음을 추스리고 예약을 했다.

같은 동네에 사는 친한 집사들이 랭이의 장례식에 동행해줬다. 모두가 장례식을 위해 바쁘게 움직이기 시작했다. 랭이가 좋

랭이의 성대한 장례식 | 영원히 기억할게

아했던 장난감, 랭이가 좋아했던 간식, 그리고 랭이를 향한 나의 편지. 이동장에 랭이를 예쁘게 눕히니 포우가 주변을 계속 서성댄다. 포우에게도 랭이와 작별할 시간을 주었다. 안 그래도 늘 눈물을 머금은 듯한 포우의 눈망울이 더 울먹이는 듯했다. 포우는 랭이 냄새를 코끝으로 맡은 뒤 이제 됐다는 듯 뒤로 물러났다.

나무가 울창한 예쁜 길을 달려 그곳에 도착했다. 나와 친구들은 떠나는 랭이의 발걸음이 무거워지지 않도록 절대 울지 말자고 다짐했다. 하지만 랭이가 입관해 있는 추모실에 들어가자마자 우린 또 오열했다. 염처리를 해주신 지도사께서도 랭이는 너무너무 깨끗했다고… 고작 눈곱이랑 손만 조금 닦아주셨다는 말에 랭이를 애지중지하며 그루밍해줬던 포우가 너무 고마웠다.

랭이가 소풍 가는 길에 맛있게 까먹을 간식도 잔뜩 놔주고 계속 랭이의 작은 머리를 쓰다듬으며 돌아가며 인사를 건넸다. 랭이를 제일 많이 아꼈던 포우와도 인사시켜주려고 우린 핸드폰에 포우 사진을 띄워 랭이에게 보여줬다. 그렇게 포우의 인사를 끝으로 진짜 작별의 시간이 왔다. 최고급 오동나무 관 위에 화려한 꽃으로 장식된 랭이는 그렇게 우리와 마지막 인사를 했다.

"잘 가렴… 내 아가…."

1시간이 넘는 화장이 끝나고 랭이의 작디작은 유골을 마주하니 쪼꼬미 공주답게 너무 앙증맞았다. 그리고 랭이는 반짝반짝 빛나는 루세떼라는 스톤으로 다시 태어났다. 신기하게도 랭이의 라임색 눈동자와 같은 색이었다. 훌륭한 고양이였다. 만점도 모자란 효녀 고양이었다.

6. - 포니 이야기 -
랭이가 보내준 선물

2019년 7월 9일 랭이가 작은 별이 되었다. 작고 앙증 맞았던 랭이의 빈자리는 생각보다 컸다. 아침마다 배 위에서 골골송을 불러주고, 게임 할 때마다 무릎에 앉아 있던 랭이가 없으니 허전할 수밖에. 랭이와 함께했던 당연했던 것들이 하나둘 사라지고, 그것에도 점점 익숙해지던 11월 어느 날이었다. 친한 집사들끼리 만든 단톡방에 아기 고양이 사진이 올라왔다. 지인이 운영하는 카페 근처에서 아기 고양이 소리가 들려 나가 보니 이제 막 한 달 정도 되어 보이는 아기 고양이가 골목에서 웅크리고 있었다며 어떻게 해야 할지 모르겠다는 연락이었다.

한창 회사에서 정신없이 회의를 하던 중이었던 나는 아주 잠

깐 스치듯 그 사진을 보았는데도, 회의하는 내내 아기 고양이의 애절한 눈빛이 잊히지 않았다. 회의가 끝나자마자 사진을 보냈던 동생에게 연락을 해서 자초지종을 물어보니 어미 고양이가 안 나타난 지 꽤 된 것 같다며 날씨도 점점 추워져서 구조를 해야 할지 고민된다 했다. 나는 동생에게 내가 책임질 테니 대신 가서 구조해 달라고 부탁했다.

동생은 바로 택시를 타고 아기 고양이가 있는 동네로 출동했

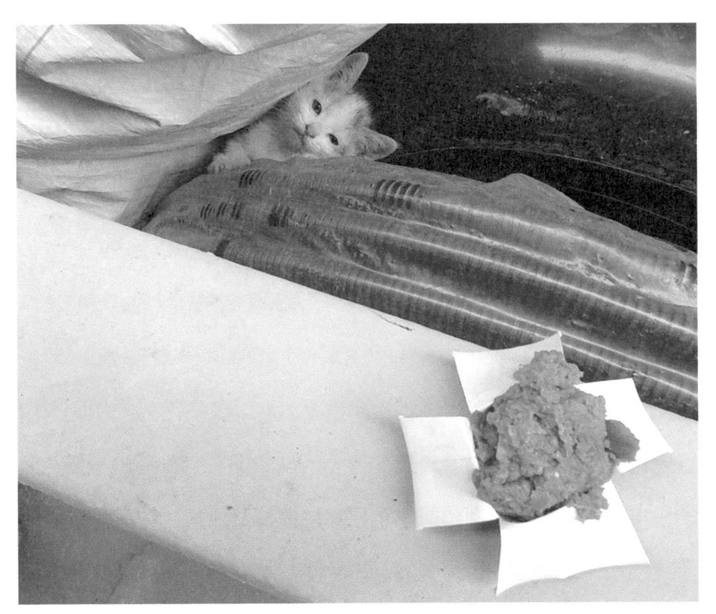

포니의 스트릿 시절

고, 구조라고 하기에도 민망스러울 정도로 아기 고양이는 얌전히 잡혀줬다고 한다. 아기 고양이는 이동장에서도 "야옹" 소리 한 번을 안 내며 얌전히 기다렸다고 한다.

동생네 집을 가서 직접 마주한 아기 고양이는 가져간 이동장이 넉넉할 정도로 손바닥 만하게 작았다. 빈티지 컬러의 삼색이었는데, 마치 고양이에게 밀가루를 한 번 입힌 듯이 흐리멍텅한 삼색 코트를 입고 있었다. 생전 처음 보는 신비로운 코트를 입은 아이는 많이 피곤했는지 1시간이 넘는 거리를 잠만 쿨쿨 자며 왔다.

집에 오자마자 털복숭이들의 관심이 폭발했다. 이번엔 또 누구냐는 듯한 표정으로 일제히 이동장을 바라보는데 얼마나 긴장되던지. 혹여나 아기 고양이를 다치게 할 수도 있기에 일단 집에 있던 케이지에 집을 꾸며줬다.

아기 고양이가 이동장에 있을 때도 제일 많이 관심을 주던 건 포우였다. 마치 이동장에 랭이가 있나 확인하려는 느낌이었다. 그리고 이동장에서 고양이가 나오자 제일 먼저 반겨준 것도 다름 아닌 포우였다. 포우는 랭이가 떠나고 한동안은 의욕도 없이 랭이가 있던 자리를 서성이곤 했다.

아가의 이름을 포니라 지어줬다. 그리고 포니는 하루이틀 아주 얌전한 고양이였고, 3일이 지난 후 본색을 드러내기 시작했다. 아기 고양이는 집에 그냥 풀어두기엔 변수가 너무 많아 보통 케이

포니를 처음 본 포우 표정

그렇게 포우는 지독한 사랑을 시작했다

내가 건방지긴 해도 꽤나 귀엽다구!

지에 넣어두곤 하는데 포니는 보란듯이 케이지를 탈출했다.

과연 이 아이가 골목에서 웅크리고 있던 아이가 맞나 싶을 정도로 포니(pony)는 이름값을 했다. 고삐 풀린 망아지처럼 작은 원룸을 뛰어다니며 푸딩이를 사냥하고, 샤넬의 꼬리를 잘근잘근 물어대기도 하며, 포우 어깨에 올라타려고 난리도 아니었다.

당시 평균 나이 8~9살이던 우리 털복숭이들은 이제 좀 편히 쉬려던 차에 망아지 한 마리 때문에 본의 아니게 함께 뛰어다니기 시작했다. 누워서 잠만 자던 털복숭이들도 활동량이 늘었고, 한동안 무기력했던 포우가 포니를 막내 동생으로 인정하며 지극 정성으로 키우기 시작했다. 하루도 빠짐없이 랭이를 그루밍하던 루틴이 다시 돌아온 포우는 포니를 애지중지하며 매일 그루밍을 해주었다. 포니에게는 하악질 한 번 안 하는 포우가 너무 신기했고, 다시 활력을 되찾은 포우를 보니 어쩌면 포니는 랭이가 보낸 선물이 아닌가 싶었다.

나는 인스타와 유튜브에도 포니의 망아지 같은 모습을 올렸고 사람들은 포니를 '도른자'라고 불렀다. 도른자 포니는 하루하루가 갈수록 폭주 기관차처럼 질주했고, 크리스마스 트리 쓰러트리지를 않나 푸딩이를 사냥하기도 했다. 이 영상들은 퍼지면서 급기야 〈TV 동물농장x애니멀봐〉 작가님에게 출연 제의가 왔다. 추억이 되겠다 싶어 수락했는데, 포니는 낯선 사람이 와도 기죽거나 겁먹기는커녕 PD님이 와도 망아지처럼 뛰어다녔다. 정말 엉망이었다. 포니는 그 조그만 몸으로 2층 침대에서 뛰어 내려오질 않나, 그런 포니를 따라다니며 그루밍해주는 포우까지….

무슨 정신으로 촬영이 끝난지도 모르겠던 때, 우리의 영상이 올라왔다. 처음엔 그저 철부지 아기 고양이의 망아지 같은 모습만 나오는가 싶더니 랭이와 포우의 서사가 들어가면서 포니는 랭이가 보내준 선물임이 다시 느껴졌고 눈물이 핑 돌았다.

포우는 포니에게 아빠와 같은 존재가 되었고, 포니는 집사보다 포우를 더 잘 따르며 크게 아픈 곳 없이 건강하게 자라주었다. 성묘가 된 후에도 여전히 포우를 잘 따르고 포우도 매일 그루밍을 빠지지 않고 해주고 있다. 포니 덕분에 나와 포우는 랭이에 대한 그리움을 조금은 덜어낼 수 있었고 포니의 망아지 같은 행동을 보며 웃을 수 있었다.

7. - 레아, 토르 이야기 -
지인이 세상을 떠나고 남겨진 두 고양이

길 생활을 하던 아이들을 데려왔던 지금까지와는 다르게 내게 온 녀석들이 있다. 2020년 8월 24일, 그날도 버릇처럼 인스타그램에 들어가 털복숭이들 사진을 올리고 인스타 친구들의 고양이들을 보고 있었다. 슥슥 스크롤을 내리던 찰나, 피드에는 블로그를 통해 알고 지내던 집사님의 유골함 사진이 올라와 있었다. 내 눈을 의심할 수밖에 없었다. 우리는 화면 너머로 아이들의 소식을 올리고 댓글을 달며 교류하던 사이였다. 필요한 물품이 있으면 나눔을 하고 여행을 다녀오면 고양이 간식을 바리바리 싸서 서로에게 보내주기도 했었다. 평소 굉장히 밝고 에너지 넘치는 지인이었는데 2020년 당시 32세로, 젊은 나이에 세상을 떠나게 된 것이다.

잘 지내고 있는 줄만 알았던 이의 갑작스러운 부고 소식은 큰 충격이었다. 지인의 동생에게 들어 보니 그 친구는 10년 동안 당뇨를 앓고 있었다고 했다. 지인은 투병 중에도 두 고양이에게 온갖 사랑을 쏟아 왔었고, 그 마음을 알기에 유골함에도 집사님이 반려했던 '토르'와 '레아'의 이름을 새겨두었다. 안타깝게도 동생 분은 직업 특성상 고양이를 반려할 수 없는 상황이라 아이들을 입양 보냈다 하셨다. 상심이 컸을 동생 분을 위로해드리고 우리의 대화는 끝이 났다. 토르와 레아가 거의 10살이 된 고양이들이기도 하고 워낙에 유전병이 많은 페르시안 고양이라 다소 걱정이 되긴 했지만 말이다.

그로부터 반년이 흐른 뒤, 2021년 2월 동생 분에게 연락이 왔다. 아이들을 입양한 지인이 더 이상 고양이를 키울 여건이 안 되어 새로운 가족을 찾아야 한다며 도움을 줄 수 있겠냐는 것이었다. 토르와 레아가 지내고 있는 곳은 경북 구미였고, 입양 홍보를 한다 해도 수도권과 거리가 멀어 입양처를 찾기 쉬울 것 같지 않았다. 결국 토르와 레아를 우리 집으로 데려와 임시 보호를 하며 좋은 입양처를 찾아줄 생각이었다. 마침 나는 복작복작한 원룸에서 거실과 방 1개 구조인 좀 더 넓은 집으로 이사를 한 상태였고, 아이들에게 작은방을 내어주기로 했다.

아이들이 지낼 방을 준비하는 동안 친구가 직접 3시간 거리를 운전하여 토르와 레아를 데리고 와줬다. 이동장에서 나오는 토르와 레아를 보는 순간 기분이 묘했다. 늘 사진으로만 보던 아이들이 내 눈앞에 있는 이 상황이 꿈 같았다. 늘 집사님과 언제 한번 토르랑 포우랑 만나게 해주자고 우스갯소리로 말하곤 했었는데 그 말이 이렇게 현실이 될 줄이야.

토르는 레아보다 겁이 많았고 레아는 생각보다 이곳저곳을 탐색하며 호기심이 넘쳐 보였다. 그런 토르와 레아를 누구보다 궁금해했던 건 바로 포우였다. 포우는 유난히 작은방에 들어오고 싶

토르와 포우 첫 만남

토르와 레아가 궁금한 아이들

어 했고 늘 집사님이랑 상상만 했던 토르와 포우의 투샷을 실제로 보게 되었다.

포우는 수컷 성묘에 대해 적대심이 큰 녀석이라 앙꼬랑 마일로와 합사할 때도 꽤나 애를 먹였었다. 그래서 토르를 공격하지는 않을까 긴장하고 있던 찰나! 포우와 토르가 코뽀뽀를 했다. 둘은 그 어떤 경계심도 보이지 않았고 이미 오래전부터 알고 지낸 사이처럼 자연스럽게 인사를 했다. 포우가 처음 보는 고양이에게 이렇게 호의적인 것은 처음 봤다. 다른 털복숭이 녀석들도 옹기종기 모여서는 토르와 레아를 궁금해했다.

토르와 레아는 작은방에서 점점 안정을 되찾아갔고, 나는 인스타그램에 아이들을 소개하며 입양처를 찾았다. 하지만 이미 나이가 9살, 10살인 고양이에게 손을 내밀어주는 사람은 나타나지 않았다. 나는 직감적으로 알았다. 토르와 레아는 다른 집으로 갈 수 없다는 것을…. 이미 포우가 토르와 레아에게 호의적인 반응을 보였을 때부터 어쩌면 나는 이 둘을 다른 데로 보내고 싶지 않았던 것 같다.

내 마음에 쐐기를 박았던 건 토르와 레아가 연달아 아프기 시작했을 때다. 갑자기 다리를 절뚝거리며 다니기 시작한 레아. 밥을 거부하고 구석에서 웅크리고 있던 토르. 병원에 데려가 봤지만 특별한 이상은 없었다. 혈액검사 수치도 좋았고 선생님은 이상할 정도로 아이들이 건강한 상태라고 하셨다. 집에 와서도 시무룩

했던 토르와 레아를 보며 도대체 뭐가 문제일까 생각하다가 바닥에 웅크리고 있던 토르를 붙잡고 말을 걸었다. 혹시 또 다른 곳으로 갈까 봐 불안한 거라면 이제 걱정하지 말라고. 너네 엄마가 아무래도 포우 형이랑 진짜 같이 살으라고 보내준 것 같으니 우리 이제 같이 살아보자고 토르를 토닥여줬다. 이 말을 하면서 왜 더 일찍 말하지 못했나 토르에게 미안한 마음뿐이었다. 토르를 한참 쓰다듬어 주고 레아에게도 똑같이 말해주었다.

그리고 그 다음 날, 다리를 절뚝거리던 레아가 거짓말처럼 높은 곳을 오르내리기 시작했고, 구석에 웅크리고 밥도 안 먹던 토르가 밥을 먹기 시작했다. 순간 누가 깜짝 카메라를 찍고 있나 싶었다. 하루 만에 멀쩡해진 아이들을 보며 정말 내가 한 말을 알아들은 건가 싶었다.

10년 동안 집사님 품에서 지냈던 아이들에게는 엄마 품처럼 안정적인 환경이 필요했던 것 같다. 그렇게 토르와 레아는 정식으로 털복숭이들과 가족이 되었다. 무엇보다 포우의 공이 컸다. 만약 포우가 토르 레아를 받아주지 않고 적대감을 보였다면 울며 겨자 먹기로 입양처를 알아봤을 것이다.

토르, 레아의 삼촌인 동생 분은 털복숭이들과 제주도로 이주한 이후 애들을 만나러 오셨다. 둘을 보자마자 울컥하는 모습을 보니 토르와 레아가 엄마와 삼촌의 사랑을 듬뿍 받고 지냈음을 알 수 있었다. 토르는 어릴 때 다리가 부러진 적이 있어 발을 만지

레아 시그니처 표정

면 싫어한다는 것과 레아는 껌딱지 같아서 항상 집사님을 졸졸 따라다녔다는 이야기를 들으니 그 동안의 애들 행동을 이해할 수 있었다.

토르는 삼촌의 목소리를 기억하는지 손길을 얌전히 받아주었고, 레아는 삼촌이 사온 간식을 먹으며 행복한 시간을 보냈다. 토르와 레아를 입양하는 것은 동네 고양이를 구조했을 때와는 다른 또 다른 경험이었다. 이별의 상처가 있는 고양이들에게는 무엇보다도 안정적인 환경과 마음의 위로가 필요하다는 것을 알았다. 우리는 그렇게 가족이 되었고 먼 훗날 집사님과 만나면 우리 소원 풀었다고 웃으면서 말할 수 있을 것 같다.

4부.

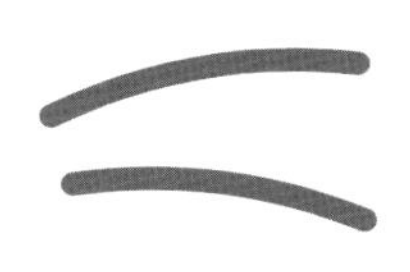

고냥이 털 날리는
제주도로 혼저옵서예

1.
인생 2막, 백수 캔따개로 새출발을 하다

2023년 6월 9일, 우여곡절 끝에 나는 8마리 고양이들과 제주도 시골집에서의 인생 2막을 시작했다. 서울에서 나고 자랐던 내가 아무 연고도 없는 제주도로 덜컥 와버리다니. 나는 도시를 절대 떠날 수 없다고 외치던 전형적인 도시생활자였다. 그런데 살기 좋은 아파트도 포기하고 스스로 시골살이를 선택했다.

한눈에 반해버린 시골집이지만 정착하기 위해 조금의 시간이 필요했다. 낮에는 마치 마당이 처분해야 할 짐들을 뱉어 내는 모양새였고, 밤에는 마당이 토해낸 가득 쌓인 쓰레기들을 차에 실어 클린하우스라는 분리수거 장소까지 이동해 처리했다. 초반에는 하루에 10번은 왕복으로 왔다 갔다 했다.

아파트였다면 그냥 엘레베이터를 타고 지하로 내려가서 툭 버리고 오면 될 일을 이렇게나 번거롭게 다녀야 한다니. 그리고 당시는 6월. 조금씩 더워지긴 했지만 아직은 온수가 필요했다. 그런데 이 집은 기름 보일러를 써, 기름이 떨어지면 주유소에 전화해서 주문을 해야 했다. 주문하는 것도 번거롭고, 언제 올지 모르는 주유차를 기다렸다가 기름통에 기름을 넣는 것도 번거롭고, 기름 넣는 동안 배달하러 온 기사님과 스몰 토크를 해야 하는 것도 뻘쭘했다.

배달 음식도 시켜 먹기 어려운 깡시골로 오니 먹는 것도 자체적으로 해결해야 했다. 마트는 차를 타고 적어도 20분은 가야 하니 되도록 한 번 갈 때면 식재료를 쓸어 오고자 했는데, 냉장고가 작은 탓에 이마저도 성이 차도록 장을 볼 수 없었다. 그뿐인가. 매일 아침마다 꽉 찬 제습기 물통을 비워야 했다. 조금 귀찮기도 하고 도시의 삶이 얼마나 편했던 것인지 새삼 느끼는 나날이었다.

하지만 백수가 된 나에게는 소소한 일거리들이 오히려 좋았다. 미션을 완수할 때마다 뿌듯했기도 하고, 무엇보다 하루 종일 고양이들과 함께 있는 생활이라니. 이 얼마나 훌륭한 복지인가! 집 정리를 하면서도 영상 촬영과 편집은 꾸준히 했다. 그날 내가 느꼈던 감정과 기분을 표현하려면 바로바로 편집을 해야 했다. 그래서 제주도로 이사 오고 업로드 했던 초반 영상들은 새로운 것들을 대하는 설레는 감정과 낯선 감정이 공존한다. 고양이들 영상뿐

풍경을 즐기는 털복숭이들

아니라 카페나 맛집, 명소들을 다니며 촬영했던 영상들도 쿠키 영상처럼 넣었더니 보는 분들도 좋아하시고, 나도 편집하는 맛이 나기 시작했다.

백수가 되었지만 이런 생활 패턴 덕에 늦잠은 꿈도 못 꿨다. 무엇보다 거의 20년을 출퇴근했던 내 몸이 늦잠을 자게 내버려 두질 않았다. 회사 다닐 때 맞춰 놨던 아침 6시 알람은 여전이 울렸고 알람 소리에 눈을 뜨면 제습기 물통을 비우며 하루를 시작했다.

마당이 있는 주택으로 오니 털복숭이들도 신이 났다. 아이들의 눈동자는 창밖으로 하늘거리는 나뭇잎과 마당에 놀러오는 새들을 쫓느라 바빴다. 나 또한 회사 생활 때문에 어쩔 수 없이 사용했던 자동 화장실이며 자동 급식기는 다 치워버리고 아이들이 감자나 맛동산을 생산하는 즉시 치우느라 바빴다. 그리고 사랑이 고파서 많이 아팠던 앙꼬를 원없이 쓰다듬어주고 집안일을 다 끝낸 오후에는 털복숭이들과 다 같이 큰 침대에 누워 새소리를 들으며 낮잠을 자기도 했다. 숲속 한가운데에서 자는 느낌이 이런 걸까.

아이들과 섬마을로 내려와 사는 삶은 매일이 힐링이었다. 느긋할 줄만 알았는데 적당히 바쁜 것도 내 성향엔 제격이었고 하루온종일 나이 들어가는 우리 아이들과 지내는 것 또한 선물 같았다. 내게는 제주도 자연을 느끼며 힐링할 수 있는 지금이 최고의 삶인 것 같다.

마당에서 마일로와 함께

2. - 쫀니와 백치 이야기 -
자연스럽게 입장하는 제주도 토박이들

제주도에 도착하고 한동안은 정신없이 짐 정리만 했었다. 덕분에 마당은 버릴 짐들로 가득했고 그때까지만 해도 근처에 동네 고양이가 돌아다니는지 볼 겨를도 없었다. 어느 정도 정리가 된 후에야 통창 앞에 앉아 마당을 감상할 수 있었는데, 바로 그때 마당 안으로 고양이가 들어왔다. 마당에 방치된 짐을 하나하나 검사하며 누가 이사를 왔나 어슬렁거리는 모습이었다.

고양이만 보면 일단 참치캔부터 따줘야 직성이 풀리는 나는 캔을 들고 밖으로 나갔다. 문이 열리는 소리에 깜짝 놀란 고양이가 돌담 밖으로 도망쳤다. 뒤를 따라 집 밖으로 나가 보니 다행히 느릿한 걸음으로 돌아가고 있길래 아이를 불렀다.

누가 이사를 왔는교

그 고양이는 부스럭거리며 참치캔 따는 모습을 보더니 구경이나 해준다는 듯 나에게 다가왔다. 눈에는 경계심이 하나도 없었으며 먹으러 오는 폼이 심상치 않았다. 가까이 다가온 아이는 신비로운 크림색 코트를 입은 고양이었다. 이렇게 예쁜 옷을 입은 동네 고양이는 처음 보았는데 아이의 얼굴은 더 신기했다. 마치 잘생긴 서양 사람처럼 오똑한 콧대에 고양이치고는 작은 눈매를 가졌다.

참치를 대령했더니 몇 번 냄새를 킁킁 맡고는 안 먹는다. 우리 애들도 환장하고 먹는 참치인데 말이다. 입맛이 까다로운 동네 고양이라니, 이 녀석 든든한 밥자리가 있는 모양이었다. 이대로 보내기엔 처음 온 손님에 대한 예의가 아닌지라 다시 집으로 들어가 츄르를 가져왔다. 처음 본 사람이 짜주는 츄르를 아무 의심 없이 받아먹던 녀석… . 먹는 폼을 보니 많이 얻어먹은 솜씨다. 츄르를 맛있게 먹고 뒤돌아 가는 녀석에게 또 놀러오라고 인사를 했다. 하지만 그 후로 그 녀석은 나타나지 않았다. 아무래도 메뉴에서 퇴짜를 맞은 것 같다. 약 10년 차 집사 커리어에 큰 생채기가 난 듯한 느낌이었다.

제주도에 오고 첫 손님이 오시기로 했다. 마당 있는 집의 로망을 꼽자면 아마도 야외에서 먹는 삼겹살이 아닐까 싶다. 이날이 바로 그 로망을 실현한 날이었다. 마당에서 신나게 삼겹살을 굽고 있었는데 맛있는 냄새를 맡은 건지 입구로 고양이 2마리가 아주 자연스럽게 입장했다. 앞장 서서 들어온 아이는 삼색이었고, 뒤따라 들어온 아이는 얼마 전 퇴짜를 놓은 그 크림색 아이가 아닌가!

나란히 서있는 모습을 보니 저 둘은 누가 봐도 가족이었다. 부부는 아닌 것 같고 크림색 아이가 아빠, 삼색이가 딸 같은 느낌이었다. 삼색이는 털이 신기했는데 우리가 아는 그 삼색이 컬러에 우유를 부은 듯한 흐리멍텅한 색이었다. 그런데 이 아이를 계속

보고 있자니 낯이 익었다. 그러고 보니 이사 전 리모델링 공사가 잘되어 가고 있나, 확인하려 제주에 내려왔을 때 마주친 그 고양이였다. 그때는 임신해 배가 불룩했었는데 지금은 깡마른 몸이 되어 있었다.

반가운 손님 상봉 겸 저번에 크림이한테 퇴짜를 맞은 메뉴 말고 다른 것을 준비해 대령했다. 다행히도 맛이 나쁘지 않은지 잘 먹어준다. 삼색이는 많이 굶었는지 허겁지겁 그 많은 캔을 다 먹은 후에야 우리집 마당을 쓱 훑어보기 시작했다. 그렇게 마당을 두리번거리며 구경하는 사이 뒤이어 삼겹살 냄새를 맡은 다른 고양이가 나타났다. 고등어 코트를 입은 아이를 보자마자 삼색이와 크림이는 으르렁대며 경계를 했다.

귀여운 부녀 사이

강경 츄르파 백치

그러고 둘은 사라졌고 고등어 아이는 둘이 먹다 남긴 캔을 설거지하기 시작했다. 부녀 고양이들과 고등어 아이는 적대적인 관계인 듯했다. 아무튼 그날의 메뉴가 마음에 들었는지 삼색이와 크림이는 우리 집 마당을 자주 들락날락했다.

〈김쫀떡〉 채널의 집사님과 〈김메주와 고양이들〉 채널의 집사님이 우리 집을 놀러 왔었는데 밥 먹으러 온 삼색이와 크림이를 보더니 쫀떡 집사님이 둘을 쫀니와 백치라고 이름을 지어줬다. 쫀떡이도 흐리멍텅한 삼색이인데 쫀떡이의 '쫀'과 포니의 '니'를 따서 쫀니라고 불렀다. 백치는 백색이 섞인 치즈 고양이라는 뜻에서 백치라는 이름이 붙었다. 밥 얻어먹으러 왔다가 이름까지 생겨버린 둘…. 이 둘이 내 인생을 뒤흔들 고양이라는 것을 그때까지는 몰랐다.

3.
도시락을 배달하는 사람과 고양이

쫀니와 백치는 이 집에 냥호구가 산다는 것을 안 후 매일 출석 체크를 하러 왔다. 백치에게 의지하고 애교를 부리는 쫀니를 보니 백치가 아빠 고양이인 것이 분명해 보였다. 그리고 딸내미 쫀니는 늘 참치를 두 그릇씩 먹어치웠다. 그런데도 희한하게 쫀니는 살이 찌지 않았다. 대수롭지 않게 쫀니의 먹방을 보던 어느날, 문득 젖을 물린 흔적이 눈에 들어왔다. 두 달 전에 임신한 상태였던 쫀니가 그 사이 출산을 하고 육아를 하는 게 틀림없었다.

이 생각을 하던 차 쫀니가 밥을 먹다 말고 사료를 한가득 입에 물더니 돌담을 넘어서 가는 게 아닌가. 평소에 하던 행동이 아니기에 따라가 보았다. 쫀니는 햄스터처럼 볼 안에 가득 사료를

젖 물린 흔적이 역력한 쫀니의 배

물고 가다가, 버거우면 땅에 조금씩 뱉고는 어쩔 수 없이 먹기도 했다. 쫀니는 내가 따라가고 있는 걸 보아도 개의치 않고 가던 길을 갔고, 가다가 힘들면 잠시 누워서 쉬기도 했다. 종종걸음으로 쫀니가 도착한 곳은 비가 와서 물웅덩이가 여기저기 고여 있던 밭이었다. 사람이 들어갈 수 없는 길로 사라진 쫀니를 좇아 반대편으로 뛰어갔다. 다시 쫀니가 사라진 쪽을 돌아보니 믿을 수 없는 광경이 펼쳐졌다.

돌담 바위 틈에서 새끼 고양이 4마리가 나와 쫀니한테 달라붙어 젖을 먹고 있었다. 세상에… 이렇게 척박한 곳에서 새끼들을 키우고 있었다니. 혹시 몰라서 가져온 간식을 주섬주섬 꺼내니 쫀니가 새끼들을 떼어내고 나에게 다가왔다. 보통 어미 고양이들은 새끼들의 위치가 발각되는 것을 두려워하기 때문에 꽁꽁 숨기는 본능이 있는데 쫀니는 나를 믿었던 건지 새끼들을 보여주며 무언의 압박을 하는 듯했다.

"내가 여기까지 키웠으니 앞으로 너도 나를 도와라."

분명 쫀니는 이렇게 말하는 것 같았다. 그날 이후 나는 강제

제주도의 도시락 배달부 | 쫀니가 살이 찌지 않는 이유

미라클 모닝을 하며 6시에 일어나 쫀니 아침밥을 챙겨주고 새끼들이 먹을 수 있는 사료와 캔을 챙겨 쫀니가 이끄는 곳으로 함께 도시락 배달을 했다. 쫀니를 보며 어미 고양이들은 매일매일 거처를 옮겨 다니며 적으로부터 새끼들을 보호한다는 것을 알게 되었다. 쫀니의 거처는 매일 달라졌고 나는 따라다니며 밥을 주었다.

쫀니의 아가들은 총 4마리였고 삼색이, 회색 아이, 까만 아이들로 코트도 다양했다. 새끼 고양이들도 처음에는 나를 극도로 경계했으나 매일 맛있는 밥을 갖다주니까 바스락거리는 비닐봉투 소리만 들어도 돌담, 처마 밑, 풀숲 여기저기서 신나게 뛰어나오곤 했다.

삼색이는 포포, 완전 회색둥이는 차차, 회색 가디건에 흰 양말 신은 아이는 코코, 까만 아이는 완전 쫄보라서 보보라는 이름을 지어줬다. 그리고 이 아이들을 '쪼꼬미들'이라 불렀다. 아침마다 쪼꼬미들을 만나는 시간이 기다려졌고 점점 더워지는 7월임에도 하나도 힘들지 않았다. 모기한테 수십 방을 물려가며 헌혈을 했지만 아이들을 보는 동안엔 물리는 줄도 몰랐다.

포포
차차

코코

보보

4.
개의 고양이 습격 사건!

새벽에 비가 많이 오던 어느 날이었다. 쫀니는 비를 쫄딱 맞은 채로 밥을 먹으러 왔다. 혹여나 쪼꼬미들이 비를 맞고 있진 않을까 걱정이 되기 시작했다. 우선 쫀니를 든든하게 먹이고, 도시락을 챙겨 비가 잠시 그친 사이 쫀니와 함께 배달에 나섰다. 거처에 도착하니 역시나 하나둘씩 신나게 뛰어나와 밥을 먹는다. 그런데 어찌된 일인지 한참을 쭈그리고 기다려도 밥대장 포포가 보이지 않았다. 늘 1등으로 달려와서 먹던 녀석이 늦잠을 자는 건지 나타나지 않았다.

곧 마을 사람들이 돌아다닐 시간이 다가와서 밥 자리를 깨끗하게 치우고 주변을 꼼꼼히 살펴보았다. 혹시라도 사고를 당한

쫀니와 쪼꼬미들이 여유를 즐기던 어느 날

건 아닐까 하는 마음에 쫀니가 주로 다니는 루트를 따라 다 뒤져 보았지만 아무런 흔적을 찾을 수가 없었다. 시골에서는 종종 새끼 고양이들이 태어나면 지인들에게 보내기도 한다고 옆집 아저씨가 하신 말씀이 떠올랐다. 포포는 식탐도 강하고 제일 용감했던 아이라 넷 중에 잡기가 제일 쉬운 아이였을 것이다. 그때부터 '쫀니가 우리 마당을 거처로 삼았더라면 어땠을까…' 하는 생각이 들었다. 그리고 내친 김에 쫀니와 쪼꼬미들을 마당으로 정착시키기 위한 프로젝트를 시작했다.

작전 계획은 도시락 양을 줄여서 아직 허기진 쪼꼬미들을 데리고 쫀니가 마당으로 오게 하는 것이었다. 이 작전이 통했는지 실제로 쫀니는 쪼꼬미들을 데리고 점점 집 쪽으로 거처를 옮기기 시작했다. 집에서 불과 10미터 거리의 사람이 살지 않던 곳까지 내려온 쫀니와 쪼꼬미들. 엄마가 오라니까 멋모르고 신나서 따라오던 쪼꼬미들이 너무 기특해서 그날은 맛있는 캔과 츄르를 주고 있었다. 차차가 츄르를 받아먹으며 조금씩 친해지려는 찰나… 쫀니가 갑자기 이상함을 감지했는지 아이들에게 경고하는 울음소리를 냈다.

5초 뒤, 저 멀리서 큰 개가 미친듯이 뛰어오더니 코코를 쫓기 시작했다. 그걸 본 쫀니가 코코를 살리겠다고 큰 개에게 하악질을 하며 돌진하는 모습을 보고 나도 반사적으로 개를 향해 뛰어갔다. 개는 코코를 거의 물 뻔했지만 간발의 차로 코코는 피했고 나는 개에게 큰 소리로 다가가며 온몸으로 막았다. 목줄이 있는 걸 보니 누군가 마당에서 키우는 개였다.

다행히 개는 더 이상 코코를 쫓지 않았고 멀리서 할머님이 힘들게 뛰어오셨다. 마당 청소하다가 문이 열려서 도망쳤다며 미안하다고 하셨다. 그렇게 목줄을 채우려는 순간 개는 또다시 난동

평온했던 아침

자기보다 몇 배는 큰 개에게 돌격하는 쫀니

을 부리며 담장 위에 경계하고 있던 쫀니를 향해 돌진했다. 다행히 날렵한 쫀니는 무사히 도망갔지만 나는 놀란 마음이 진정이 되지 않았다. 큰 개는 우리 애들이 먹던 사료를 허겁지겁 먹었고, 할머니는 그동안 개에게 목줄을 다시 채우고 돌아갔다.

큰 개를 데리고 돌아가는 할머니가 시야에서 사라지는 순간 다리에 힘이 풀리고 쪼꼬미들이 무사한지 확인해야 했다. 큰일날 뻔한 코코는 다행히 돌 틈 사이에 숨어 있었고, 겁이 제일 많은 보보는 건너편 풀숲에서 서럽게 울고 있었다. “보보야~” 하고 이름을 부르자 익숙한 목소리에 안심이 되었는지 슬금슬금 나온다. 그러고는 쫀니와 마지막으로 헤어졌던 위치로 가서 코코와 둘이 만났다. 보보는 너무 놀랐는지 고여 있는 물을 벌컥벌컥 마시며 마음을 진정시켰고, 사라진 차차를 찾아 원래 살던 거처로 가보니 이 조그만 녀석도 겁을 잔뜩 먹은 표정으로 숨어 있었다.

큰 개의 습격 사건으로 쫀니가 다시는 마당으로 오지 않을까 얼마나 마음을 졸였는지 모른다. ‘그동안 쌓았던 신뢰가 다 무너지면 어쩌지….’ 하며 쫀니가 다시 오기만을 기다릴 수밖에 없었다.

과연 쫀니는 다시 와줄까….

5.
어디 간 거니, 이 고양이야

큰 개의 습격 사건 이후 가슴 졸이며 쫀니를 기다렸다. 아직도 개를 향해 돌진하고 몸을 한껏 부풀려 위협하던 쫀니의 모습이 떠오른다. 엄마는 강하다더니 말 못하는 짐승이라도 자기 자식을 살리기 위해 위험에 맞서 싸우는 모습을 보니 더 애틋한 감정이 생겨버렸다. 당시 내가 있었기에 망정이지 혼자 새끼들을 지키려다가 쫀니도 위험에 빠졌을 게 뻔하다.

늦은 오후, 백치가 혼자 밥을 먹으러 왔길래 오늘 있었던 일을 백치에게 귀뜸해줬다. 쫀니가 많이 놀랐을 테니 만나면 잘 위로해주고 집에 와서 밥 먹으라고 전해달라고 말이다. 소식이 전해졌는지 그날 저녁에 정말 백치랑 쫀니가 밥을 먹으러 왔다. (백치는

백치가 쫀니를 다시 데리고 왔다

정말 사람 말을 알아듣는 게 아닐까?)

엄청난 일을 겪은 쫀니는 이런 일은 시골 길에서는 흔하다는 듯 시크하게 밥그릇을 비워버렸다. 나만 유난을 떨었나 보다. 다음 날에도 여느 때와 같이 쫀니와 쪼꼬미들이 오면 쉴 수 있도록 작은 오두막을 조립하고 있었다. 아직 올 생각도 없는 애들을 기다리며 혼자 김칫국을 신나게 마시던 차였다.

그런데 쫀니 눈에는 큰 개를 함께 물리치고, 모기 밥을 자처

하면서 뚱땅뚱땅 집을 짓는 내가 진짜 냥호구로 보였나 보다. 갑자기 쪼꼬미들 목소리가 들리는 게 아닌가. 내가 잘못 들었나? 싶어 길가로 나갔더니 쫀니가 쪼꼬미들을 데리고 집까지 왔다.

쫀니를 센터로 양옆에 따라오던 쪼꼬미들의 얼굴엔 비장함이 흘렀다. 하지만 보보와 코코는 거의 다 와서 도저히 용기가 안 났는지 숨어버렸고, 제일 용맹했던 차차가 드디어 마당에 첫발을 내디뎠다. 차차를 시작으로 코코도 마당에 오기 시작했고 쫄보인 보보는 마당에 오기까지 시간이 좀 걸렸다. 아마도 쫀니는 쪼꼬미들을 독립시키기 위한 훈련을 한 것 같다. 밥자리를 데리고 다니며 오는 길을 알려주고 어디에 숨어 있을지 등등 철저하게 교육시키는 모습이었다. 그런데 한편으로는 불안함이 밀려왔다.

보통 어미 고양이는 자식들을 독립시키면서 자신의 밥자리를 내어주고 떠나는 경우가 많다. 혹시나 쫀니가 혼자 떠나는 건 아닐까 걱정이 되기도 했다. 그렇다고 걱정만 하고 있을 수는 없었다. 쫀니도 이제는 중성화를 해야 한다. 더는 출산과 육아를 하게 둘 수는 없다. 쫀니를 포획할 틀이 제주도로 오기까지 2주. 그 동안 제주도에는 태풍이 왔고 강한 비가 내렸다. 다행히 차차와 코코는 마당에 지어준 작은 오두막에서 폭우를 피할 수 있었다. 그렇게 마당에 오기 시작한 쪼꼬미들 때문에 하루 종일 마당을 내다보며 살았다.

태풍이 지나가고 또다시 찌는 듯한 더위가 기승을 부리던 날, 웬일로 쫀니가 아침에 나타나지 않았다. 늦은 밤이 되어도 오지 않아 도시락을 싸들고 쫀니의 원래 거처로 가보았다. 바스락 소리에 냥냥거리며 뛰어오는 쪼꼬미들만 있을 뿐 쫀니는 보이지 않았다. 그래도 천진난만하게 밥 먹고 서로 장난 치고 노는 녀석들을 보며 별일 아닐 거라 생각했다.

마당으로 온 차차와 코코

코코야, 너네 엄마 어딨니?

그렇게 하루, 이틀이 가고 일주일이 지나도 쫀니는 나타나지 않았다. 매일 밤마다 찾아 나섰지만 보이지 않는 녀석은 나타나 주지 않았다. 아직도 배송 중으로 뜨는 포획 틀이 원망스러울 뿐, 내가 더 할 수 있는 일은 없었다. 쫀니를 찾으러 마을 곳곳을 다니고 밤마다 쪼꼬미들 밥을 챙기면서 그렇게 열흘이 흘렀다.

6.
쫀니와 새끼냥이들에게 별채를 내어줬다

늘 밥을 챙겨주던 밭 앞에서 쪼꼬미들과 놀고 있는데 저 멀리서 한 고양이가 다가왔다. 시력이 안 좋아서 가까이 올 때까지 몰랐는데 그 고양이는 바로 쫀니였다. 열흘 만에 본 쫀니는 앙상한 몸이 되어 비틀거리고 있었다. 그간 많이도 굶었는지 캔을 까주니 참치를 허겁지겁 먹고는 쪼꼬미들을 경계하면서 다시 뒤돌아 사라졌다. 홀쭉해진 배와 절룩거리는 뒷다리가 심상치 않아 보였다. 병원에 가야 할 것 같아 얼른 이동장을 들고 나와 쫀니를 뒤쫓았다. 힘들었는지 쫀니는 바닥에 웅크리고 있었고, 잡으려는 순간 그 아픈 몸으로 쏜살같이 도망갔다.

쫀니가 다시 사라지고 일주일이 흘렀을까. 내 일상은 오로지 쫀니 생각으로 가득 차 있었다. '교통사고를 당한 걸까, 누가 때린 걸까, 혹시 개한테 물린 걸까….' 혼자 아파하고 있을 쫀니 생각에 괴로운 하루하루가 흐르던 어느 날, 아침밥을 먹으러 백치가 왔다. 이번에도 밥을 먹는 백치에게 쫀니를 데리고 다시 마당으로 오라고 부탁했다. 쫀니가 많이 아파서 치료를 받아야 한다고 신신당부를 하면서 말이다.

옆구리에 상처를 입은 쫀니

그날 오후, 도무지 흥이 나지 않아 편집에도 집중이 안 되던 그때 마당으로 백치가 들어왔다. 그리고 그 뒤를 따라서 쫀니가 들어오고 있었다. 정말 백치가 쫀니를 데리고 마당에 온 것이다. 쫀니는 여전히 백치에게 몸을 비비며 애정표현을 했고 둘이 나란히 참치를 먹었다. 내가 지금 꿈을 꾸고 있는 걸까…?

그 후로 쫀니는 다시 마당에 오기 시작했고 올 때마다 고봉밥으로 먹였더니 다시 체력을 회복하기 시작했다. 그러던 중에 발견한 등에 커다란 상처…. 상처에서는 고름이 흐르고 있었다. 더는 지체할 수 없었다. 쫀니를 위한 포획 작전 시작이다.

처음 포획 틀을 본 쫀니는 콧방귀를 뀌었다. '감히 이까짓 것으로 나를 잡을 수 있을 것 같으냐?' 하는 것만 같았다. 분투했지만 재빠른 쫀니는 빠르게 도망쳤고 막판에는 낑낑대는 내가 안쓰러웠는지 그냥 걸어 들어가줬다. 포획 틀에서 편안하게 누워 그루밍을 하는 쫀니를 보니 어쩌면 이 순간을 기다렸나 싶을 정도였다.

쫀니는 드디어 중성화를 하며 출산과 육아에서 벗어났다. 쫀니의 옆구리에 난 상처는 예상대로 개한테 물린 상처였다. 수의사 선생님은 동네 들개와 싸우다가 물린 것 같다며 근육이 찢어질 만큼 깊었지만 다행히 회복이 잘 되었다고 하셨다. 집에 상비용으로 가지고 있던 털복숭이들 항생제를 빨리 먹였던 것이 조금은 도움

우당탕탕 쫀니 포획 작전! | 포획틀에서도 잠만 잘 자요

이 되었던 것 같다.

그리고 놀라운 사실은 쫀니는 또 다시 임신을 한 상태였다. 하지만 임신 극초반이라 어쩔 수 없이 수술을 강행하기로 했다. 아가들에게는 미안하지만 뼈밖에 안 남은 쫀니가 더 버틸 수 없었다.

수술을 마친 쫀니를 위해 별채를 내어주기로 했다. 별채는 공방으로 쓰려고 남겨둔 공간인데, 아픈 이 녀석을 밖으로 또 내보낼 수 없었다. 그렇게 별채를 쫀니를 위한 러브하우스로 꾸몄고 쫀니는 입실했다. 늘 길 생활을 하던 아이라 적응에 애를 먹진 않을까 걱정했지만, 생각보다 쫀니는 실내 생활에 빠르게 적응했다. 묘생 처음으로 늘어져서 자는 모습을 보니 쫀니도 그간 많이 지쳤

었나 보다.

쫀니가 수술한 다음 날 저녁에는 코코가 스스로 별채에 들어오더니 내 손에 머리를 비비적거리며 골골대기 시작했다. 겁 많던 코코가 계속 쓰다듬어 달라고 조르는 걸 보니 아마도 별채에 엄마 냄새가 나서 안정감을 찾은 듯했다. 이렇게 사람 손을 타게 된 이상 길 생활을 하기엔 무리가 있었다. 별채 안에서 하루를 지켜보니 밖으로 나가기는커녕 잘 놀고 잘 먹어, 코코도 쫀니와 별채에 놔두기로 했다.

차차와 보보를 챙기러 다시 밖으로 나가 보니 어둠 속에서 신나게 달려오는 보보와는 다르게 차차가 보이지 않았다. 멀리 우는 소리만 들려서 가보았더니 앞다리 한쪽을 절뚝거리며 자기 아

별채에 적응 완료

프다고 고래고래 소리를 지르는 차차…. 우여곡절 끝에 데리고 병원에 갔더니 골절은 아니고 인대가 놀란 것 같다 하셨다. 낮에 들개가 애들을 쫓아다녔다는 이웃 분의 제보가 있었는데 아마 그때 다쳤던 것 같다. 그렇게 쫀니와 코코 뒤이어 차차까지 별채에 입성했다.

그 다음 날 혼자 있을 보보가 마음에 걸려 차차를 잡았던 곳으로 가보니 저 멀리 보보가 울면서 뛰어온다. 동네 떠나가라 서럽게 울어대는 보보. 이 쫄보가 누나들도 없이 혼자 얼마나 무서웠을까. 간식 봉지를 바스락거리며 보보를 마당으로 유인했다. 신난다고 따라오는 해맑은 보보다. 마당에 도착한 보보에게 참치가 든 이동장을 선물했더니 참치에 눈이 돌아서 바로 들어간다. 웅냥냥거리며 맛있게 먹는 보보도 잡아서 별채로 들였다.

결국 쫀니와 쪼꼬미들은 별채에서 다시 만났다. 쫀니 딴에는 기껏 독립시켜 놨더니 다시 같이 살게 된 '웃픈' 상황이 아닐까 싶다. 처음에는 쫀니가 쪼꼬미들에게 모질게 대하더니 시간이 지나자 다시 사이가 좋아졌다. 제주도에 와서 첫 여름은 쫀니와 쪼꼬미들 덕에 한 편의 판타지 드라마를 찍은 듯한 느낌이다.

햇볕 받으며 '그릉그릉'하는 쫀니와 쪼꼬미들은
아무래도 행복해 보인다

7.
베베식당을 평생 이용하려면 땅콩을 내놓으세요

쫀니네가 별채에 들어오면서 이제 마당은 조용하겠구나 싶었는데 얼마 지나지 않아 새로운 손님들이 나타났다. 쫀니와 동네에서 라이벌 구도를 형성하고 있던 '카라'라는 삼색이가, 그것도 옆구리에 새끼들을 주렁주렁 달고 말이다. 쫀니가 별채에 들어갔다는 소문을 듣고 귀신같이 밥 자리를 차지하려는 카라의 노련함이 돋보였다.

카라네 꼬맹이들까지 챙겨주느라 정신없던 어느 날 마당을 청소하고 있는데 지나가던 옆집 아저씨가 말을 걸어오셨다. 어르신들은 대부분 고양이를 싫어한다는 고정관념이 있었기에 살짝 긴장된 상태로 인사를 했다. 우리 집은 누가 봐도 고양이가 많은 집이기 때문에….

그런데 아저씨는 자기도 고양이를 키웠었다고 고백(?)하셨다. 아저씨도 집사라는 말에 갑자기 경계심이 무장해제되면서 아저씨네 고양이에 대해 자연스럽게 질문을 하였고 놀라운 대답을 듣게 되었다. 집고양이었지만 자유롭게 마을을 돌아다니도록 외출냥이로 키우셨다는 말에 1차로 문화 충격을 받았고, 아저씨가 밥 주던 동네 고양이와 눈이 맞아 2세를 봤다는 말에 2차 문화 충격을 받았다. 아저씨와 대화하는 중에 마침 카라가 밥 먹으려고 기웃대고 있었는데 소름 돋게도 아저씨네 고양이와 핑크빛 로맨스를 꽃피웠던 동네 고양이가 이 녀석이라며 카라를 가리키셨다.

자연스럽게 카라에 대해 정보를 들을 수 있었는데 카라는 5년 넘게 이 동네에서 살아왔던 터줏대감이며, 계속해서 자손을 낳고 살았다 하셨다. 최근에도 아저씨네 비닐하우스에 새끼 4마리를 낳았는데 얼굴도 안 보여준다며 서운해하셨다. 그렇다…. 얼마 전 마당에 주렁주렁 달고 온 새끼 고양이들이 바로 이 녀석들이다.

아저씨와 대화가 끝난 후 난 생각에 잠겼다. 서울과 제주도 가리지 않고 동일하게 해당되는 고질적인 문제가 있다면 바로 동네 고양이들을 바라보는 시선이다. 고양이는 사랑받는 존재이기도 하지만 누군가에게는 반갑지 않은 존재이기도 하다. 특히 농가에서는 고양이들이 농작물을 훼손한다고, 밭을 다 뒤집어놓는다

카라: 내 이야기를 하는 거냥

고 오해하며 싫어하는 경우가 많다.

우리 집 마당으로 밥 먹으러 오는 고양이만 해도 10마리가 넘는데 중성화된 아이가 백치 빼고는 하나도 없었다. 이 아이들이 반복적으로 새끼를 낳으면 마을 어르신들의 불만이 폭주할 것 같았다. 그렇게 되면 그 화살이 나에게 돌아올 것 같은 불길함을 느꼈다. 내가 이 마을에서 조용히 살려면 적어도 마당에 밥 먹으러 오는 동네 고양이들은 중성화를 시켜야만 했다. 그렇게 나의 땅콩 수확(보통 수컷 고양이들 중성화하는 것을 땅콩 수확한다고 많이 표현한다.)은 시작되었다.

보통 도시마다 고양이를 포획하여 중성화 수술을 하고 다시 방사하는 사업을 지원해준다. TNR이라는 것인데 당장 면사무소 축산과에 연락을 드렸더니 통덫을 빌리려면 기다려야 한다고 하셨다. 무작정 기다릴 수가 없어 TNR 연계 병원에 문의했더니 개인 통덫으로 포획한 후 동물 구조대에 직접 신고를 하는 방법을 알려주셨다. 나는 당장 면사무소에서 쓰는 통덫과 같은 모델로 2개를 구입했다.

그렇게 녀석들의 땅콩을 수확을 시작했다. 새끼를 육아 중인 암컷 고양이는 아기들이 젖을 뗄 때까지 기다리기로 하고, 일단 수컷 고양이들부터 포획을 시작했다. 평소 마당에서 밥뿐만 아니라 맛있는 간식을 먹었던 마당 손님들은 나에 대한 경계심이 높지 않았다. 덕분에 통덫 옆에 앉아서 간식으로 꼬시면 아무런 의심도 안 하고 들어오는 아이들이 대부분이었다. 아무리 눈치 빠른 녀석들도 맛있는 간식의 유혹을 못 참고 통덫에 들어와줬다. 포획한 아이들은 연계 병원으로 가게 되고, 사비로 종합백신까지 맞춰주며 앞으로 더 건강하게 살게 하려고 할 수 있는 건 다 해주었다.

수술이 끝나면 수컷은 하루, 암컷은 3일 동안 입원 치료 후 다시 마당으로 오게 된다. 땅콩이 없어져 상실감에 빠진 아이들에게는 평소 좋아했던 메뉴로 한 끼 거하게 먹인 후 방사를 해줬다. 마당으로 다시 돌아온 손님들은 두 가지 반응으로 갈린다. 일반적인 고양이라면 통덫 문을 열자마자 바로 줄행랑을 치고, 나와 관계가 좋은 아이들은 마당에 돌아와서 밥그릇을 싹싹 비우고 평소

밥손님 먹꼬

처럼 예쁨 받고 놀면서 다시 일상으로 돌아왔구나 안심하는 표정을 짓는다.

수컷 고양이들의 중성화가 끝나고 가을이 올 때쯤 암컷 고양이들도 하나둘씩 포획을 시작했다. 암컷 고양이들은 개복 수술이라 너무 덥지도 춥지도 않은 계절에 수술을 해야 상처가 덧나지 않는데 바로 이때가 발정이 오는 시기이기도 하다. 마당에 오는 암컷 고양이는 6마리…. 문제는 암컷들이 눈치가 빠르다는 것이다. 일단 통덫을 경계하는 건 기본이고 나를 불신하는 아이들이 많았다. 심지어 눈치 없는 수컷 녀석들이 통덫만 설치하면 간식 빼먹으려고 기웃대는 바람에 실패하는 날도 허다했다. 결국 기다림과 끈기로 우여곡절 끝에 6마리 모두 포획에 성공했고 다행히 덧나거나 문제 있는 경우는 없었다.

드디어 우리 레이디들에게 출산과 육아에서 벗어나게 해줄 수 있어 너무 기뻤다. 동물로 태어나 출산과 육아는 자연스러운 것 아니냐는 시선도 있겠지만 생의 순환 뒤에 이 작은 아이들의 갖은 고생을 너무 많이 봐왔다. 집 뒤편에도 밭이 하나 있는데 주인 아주머니와 가끔 마주치면 고양이 밥 좀 안 주면 안 되겠냐고, 고양이가 밭을 다 망가트린다고 하소연을 하신다. 나는 그럴 때마다 고양이들이 배고프면 쓰레기통 뒤지고 농작물을 먹기 때문에 챙겨주는 것이고, 개체 수가 더 늘어나지 않도록 중성화도 하고 별채에도 가둬서 키우고 있다고 안심시켜드렸다.

밥손님 아몽이

밥손님 옥견이

사실 제주도 농가에서는 해결하지 못하는 심각한 문제가 하나 있는데 그것은 바로 들개다. 주인 없이 자란 들개들이 배고파서 농작물을 먹는 경우가 허다하다. 들개들도 살기 위해 하는 행동이라 안타깝지만 적어도 고양이가 오해받는 것은 억울해서 실제로 목격하고 찍어둔 영상을 보여드리면서 고양이가 다 그러는 건 아니라고 조심스럽게 말씀드린다. 주변 어르신들만 해도 고양이에 대한 인식이 이러하니 동네 고양이들이 배고파서 농작물을 먹는 일이 없도록 더 잘 챙겨주는 것도 있다.

제주도에 온 1년 동안 직접 중성화시켜 준 고양이들만 쫀니네를 포함하여 22마리가 되었다. 실제로 1년이 지난 지금 우리 집을 기준으로 반경 1km 이내에는 더 이상 새로운 고양이가 나타나지 않는다. 이미 새끼 고양이가 태어났어야 할 시기임에도 말이다. 이 사례를 들은 수의사분이 군집 TNR에 성공한 사례라며 칭찬을 해주셨다.

동네 고양이들에게 밥을 주는 것에 대한 사회적 시선이 마냥 곱지만은 않다는 것을 안다. 그렇기에 이웃에게 피해가 가지 않는 선에서 밥을 챙겨주고, 적어도 내가 보살피는 아이들은 중성화까지 책임을 지려 한다. 이것이 조금이나마 사회적 인식을 바꾸는데 도움이 되기를 바라면서 말이다. 주변에서 항의가 들어오더라도 조금 더 당당해지기 위해서.

땅콩만 내놓으신다면, 평생 식사권을 드려요

나에게 땅콩을 내어준 고마운 마당 손님들은 그 이후로도 꾸준히 밥을 맛있게 먹으러 와줬고, 아직까지도 단골손님으로 남아 있는 아이들이 대부분이다. 여름에는 덥고, 겨울에는 추운 길 생활에서 이곳, 베베식당이 잠시나마 안식처가 되었기를 바란다. 난 밤낮 없이 문전성시를 이뤄준 고양이 손님들께 고마운 마음을 담아 큰 결심을 했다. 땅콩만 내어주신다면 베베식당의 평생 무료 이용권을 드리기로!

8.
같이 산책하는 동네 고양이들, 이것이 바로 시골살이 로망인가

1호 산책냥이, 아몽이

마당에 밥 먹으러 오는 손님들이 자꾸 어디에 후기를 올리는지 소문 듣고 찾아오는 새로운 고양이들이 생기기 시작했다. 그중에 뻔뻔스러운 고양이가 있었으니 그 이름은 아몽이. 아몽이는 처음에는 내 그림자만 봐도 후다닥 도망가던 아이였다. 어느 날은 큰 사료 통을 열어놓고 창고 정리를 하고 있었는데 뒤를 돌아보고 할 말을 잃었다. 아몽이가 사료 통에 머리를 박고 우걱우걱 맛있게 먹고 있는 게 아닌가. 마치 새벽에 밥솥을 통째로 들고 김치에 밥 먹는 내 모습 같았다.

아몽이는 사람이 무섭긴 한데 밥은 먹고 싶고, 주둥이는 계

우걱우걱, 찹찹찹

속 밥을 먹으면서 눈을 이리저리 돌리며 눈치를 보고 있었다. 그렇게 큰 인상을 남긴 아몽이는 어마어마한 식탐 덕분에 간식을 조공하는 나를 신뢰했고, 성격도 온순하여 다른 고양이들과도 평화롭게 지냈다. 고양이계의 카피바라랄까? 덕분에 마당에 카라가 던져놓고 간 새끼 고양이들도 아몽이가 거의 키우다시피 했다.

이 보물 같은 녀석이 이왕 출근도장을 찍는 김에 쉬어갈 수 있도록 집을 놔줬더니 숙박까지 하기 시작했다. 그러면서 아몽이와의 사이는 점점 가까워졌고 어느 날 아몽이는 자신의 아지트로 나를 초대했다. 아침 밥을 먹은 후 아몽이가 대문 밖으로 나가길래 따라 나섰더니 사람이 살지 않는 어느 집을 향해 걸었다. 그러면서도 계속 뒤를 돌아보며 내가 오는지 확인했다. 아몽이를 따라 빈집 마당으로 들어가니 아몽이가 갑자기 바닥에 발라당을 하며 신나서 뒹굴기 시작했다. 마치 맥반석 오징어 뒤집듯이 이리 뒹굴, 저리 뒹굴하더니 빈집의 구석구석을 돌아다니며 나에게 소개해주었다.

동네 고양이가 자신의 거처를 이렇게 자랑하듯이 보여준다는 것이 상식적으로 이해가 되진 않았지만, 이것은 마치 아몽이가 난 평소에 잘 숨어 있으니까 걱정하지 말라고 말해주는 것 같았다. 그날은 빈집 마당에서 아몽이랑 같이 쭈구리고 앉아 배추밭에 날아다니는 나비도 보고, 바람에 살랑살랑 나부끼는 강아지 풀도 보며 소중한 시간을 보냈다. 마치 비밀 아지트에서 아몽이와 데이

잘 따라와!

트하는 느낌이라고나 할까? 그렇게 데이트를 마치고 집에 돌아가려고 나서면 멀리서 놀던 아몽이가 나를 향해 꼬리를 바짝 들고 뚱땅거리며 뛰어온다. 때로는 배웅만 해주고 때로는 바래다주기도 하는데 이런 행동을 보면 아무래도 아몽이는 나를 단짝 친구로 삼은 것 같았다.

제주도에 와서 마치 동화에서나 들을 법한 이 따스한 경험을 하게 해준 아몽이는 자연을 즐길 줄 아는 낭만적인 고양이었지만

여기야! 내 아지트

폭력적인 고양이를 무서워하는 최약체였다. 함께하는 시간이 길어질수록 아무래도 이 낭만냥이는 안전한 별채에서 집사의 사랑을 듬뿍 받으며 사는 것이 낫겠다는 생각을 했다.

그러고는 바로 실행에 옮겼다. 아몽이는 뭐, 구조라고 할 것도 없이 별채 문을 열었더니 스스로 걸어서 들어왔다. 뭐 이런 고양이가 다 있나 싶을 정도로 별채 가족들과도 거리낌 없이 두루두루 친해지더니 지금은 별채에 없어서는 안 될 평화의 상징이다. 나는 아몽이가 해피 바이러스를 전파한다고 생각하여 이걸 '아몽 바이러스'라 부르게 되었다.

2호 산책냥이, 오대오

아몽이가 그토록 두려워했던 폭력 고양이는 다름 아닌 쫀니의 남편 오대오라는 녀석이다. 왜 이름이 오대오인지는 얼굴을 보면 바로 이해할 수 있다. 까만 앞머리를 5:5 가르마로 정갈하게 빗어 넘긴 채 걸어다니기 때문이다. 이 녀석은 사실 우리 집에서 멀리 떨어진 편의점이 활동 영역이었다. 편의점에서 손님들을 삥 뜯고 살고 있었는데 오대오는 내가 낯이 익었는지 마주치기만 하면 쫑알대며 매력 어필을 하기 시작했다.

말 잘하는 고양이는 참기 힘들지…. 어느 날은 편의점 앞에 쭈구리고 앉아 오대오와 대화를 이어나갔다. 물론 말이 통하진 않았지만 바라는 바는 명확해 보였다. 빨리 간식을 달라는 것. 편의점에서 생뚱맞게 고양이 캔을 팔고 있었는데 아마도 오대오 전용 캔이 아닐까 싶다. 못 이기는 척 편의점에서 캔을 집어 들고 나오자 오대오는 사라지고 없었다. 아마도 큰 개와 산책하는 사람을 보고 도망간 듯싶었다.

그 후로 한동안 오대오는 보이지 않았다. 그런데 어느 날 갑자기 우리 집 마당으로 이 녀석이 찾아왔다. 그것도 느긋하게 마당 풀을 뜯어먹고 있었다. 편의점에서 여기까지 온 것이 놀라우면서도 내심 반갑기도 했었다. 하지만 그 반가움은 오래가지 않았다. 오대오에게는 대장냥이의 기질이 있었기 때문이다….

오대오는 처음에는 애교를 부리고 온갖 착한 척을 다 하면서 간식을 털어가더니 얼마 가지 않아 본색을 드러냈다. 이 마당을 접수라도 할 기세로 밥 먹으러 오는 손님들에게 심술을 부리기 시작했고, 이 심술로 인해 아몽이는 마음의 상처를 받아 한동안 베베식당을 출입하지 않을 정도로 심각한 상황이 계속되었다. 오대오의 땅콩 수술까지 서둘러 진행해 보았지만 그 녀석의 대장 기질은 땅콩 제거로 막을 수 없었다.

그렇다고 배고파서 밥 먹으러 오는 오대오를 막을 수도 없고…. 심지어 오대오는 아빠로 추정되는 흰 몸통에 꼬리만 까만 녀석까지 데려왔다. 나는 이 아이에게 먹물에 담군 꼬리라 하여 '먹꼬'라 이름을 지어주었다.

오대오 첫 등장 | 먹꼬를 데리고 온 오대오

제주도는 길이 험하다냥. 이 대장이 같이 가주겠다냥

오대오와 먹꼬의 심술은 계속되었고, 다행히 아몽이를 별채로 들이며 어느 정도 문제는 해결이 되었다. 그러면서 오대오와 먹꼬도 성격이 점점 다정해지기 시작했다. 마당에서는 집사의 사랑을 온전히 받을 수 있다는 안도감이 들었는지 매일 부담스러운 애교를 부리기 시작했다. 그렇게 난 농약같이 지독한 오대오에게 빠지게 되었다. 처음에는 아몽이를 괴롭히는 게 너무 미웠는데 못생긴 얼굴로 온갖 애교를 부리는 노력에 넘어갈 수밖에 없었다. 결국 오대오와 먹꼬는 마당에 정착하게 되었고 너석들과의 정도 깊어지기 시작했다.

오대오도 마찬가지인지 내가 편의점을 가려고 집을 나서면 같이 따라나선다. 마치 자기 구역이었으니 에스코트라도 해준다는 듯 옆에 나란히 걸어가는 모습에 이것은 도대체 무슨 판타지 소설인가 싶었다. 그저 밥 주고 예뻐해줬다고 나와 함께 길을 걸어가주는 고양이라니… 애니메이션에서만 보던 장면이 아니던가.

고양이 집사라면 가지고 있는 로망이 있는데 그것은 바로 산책하는 고양이다. 산책이 가능한 고양이는 하네스를 착용하고 한적한 공원을 산책한다고 소문으로만 들었는데 지금 내 옆에 맨몸으로 함께 산책하는 고양이가 있다. 가는 중간중간 풀냄새도 맡고 날아다니는 벌레도 쫓다 보면 어느새 편의점 앞이다. 내가 편의점에 들어가 있는 동안에 오대오와는 잘 숨어 있다가 내가 다시 나오면 어디선가 "깍꾹"거리며 따라온다.

연고 없는 제주도로 내려와 하마터면 적적할 뻔한 나의 시골 살이에 이처럼 오대오와 아몽이는 잊지 못할 선물을 안겨주었다. 요즘 오대오는 밭에서 놀다가도 해가 질 때쯤 이름을 부르면 저 멀리서도 반갑다고 똥강아지처럼 뛰어온다.

나 정말 고양이들에게 이런 호사를 누려도 되는 걸까…?

9.
마당에 도사리는 위험들에 결국 오두막까지 짓다

오대오는 아몽이가 별채에 입성하자, 아몽이가 내게 하던 행동을 그대로 따라하며 과한 애교를 선보이기 시작했다. 사실 아몽이를 괴롭혔던 이 녀석이 얄미워서 입덕을 부정하는, 입덕 부정기를 겪었는데 못생긴 얼굴로 갖은 귀여운 척을 하는 오대오에게 결국 넘어갈 수밖에 없었다.

마당의 주인공이었던 아몽이 자리를 자연스럽게 오대오가 차지하면서 베베식당의 분위기는 갑자기 국밥집으로 변했다. 매일 아침 오대오와 먹꼬가 게걸스럽게 밥을 먹는 모습을 보면… 국밥으로 해장하는 아재들의 모습이 보였다. 그런 구수한 모습에 나도 모르게 스며들었고 오대오와 먹꼬는 그렇게 마당에 말뚝을 박

국밥 먹는 아재들

았다. 아몽이를 위해 샀던 나무 하우스는 녀석들의 보금자리가 되었고, 추울까 봐 대령해준 전기방석에 몸을 지지며 아재 고양이들은 만족스러운 마당 생활을 이어갔다.

하지만 제주도 시골길은 아재 고양이들에게도 위협이 되는 일들이 비일비재하게 일어났다. 매일 아침이면 마당에 설치한 홈캠을 살펴 지난 밤에 무슨 일이 없었는지 확인하는데, 그날도 평소처럼 새벽에 찍힌 영상을 확인하고 있었다. 순간 소름이 확 돋았다. 나무 하우스 안에서 자고 있던 오대오와 먹끄 뒤쪽으로 시커멓고 큰 무언가가 성큼성큼 나타난 게 아닌가. 늑대라고 해도 믿을 만큼 엄청나게 큰 들개가 마당 안으로 들어온 것이다. 1마리도 아닌 3마리가 들어와서는 하우스에서 자고 있는 오대오와 먹끄를 위협하기 시작했다.

하우스를 에워싸고 있는 들개들 사이로 오대오가 몸을 날려 도망쳤다. 정말 간발의 차이로 돌담을 타고 올라 녹나무 위로 오르는 데 성공했다. 들개들이 오대오에게 한눈을 판 사이 먹끄도 반대편으로 몸을 날려 다행히 둘은 나무 위로 도망칠 수 있었다. 들개들의 습격을 받은 후 두 녀석은 마당을 떠나 다음 날 저녁이 되어도 돌아오지 않았다. 동네를 돌아다녀 보아도, 충격이 심했는지 오대오와 먹끄는 꽁꽁 숨어서 나타나지 않았다. 한순간에 마당은 동네 고양이들의 평화로운 쉼터에서 위험한 곳이 되어버렸다.

대책을 세워야만 했다. 당시는 뒷마당에 아몽이와 카라의 새끼 고양이들을 위한 오두막을 짓고 있던 차였다. 카라의 새끼들은 범백이라는 치사율 90%가 넘는 바이러스에 걸려 별채 작은방에 격리하여 요양 중이었다. 다행히 초기에 발견하여 병원 치료 끝에 완치 판정을 받았지만 다시 마당으로 내보내자니 마음이 내키지 않아 더 크고 튼튼한 보금자리를 만들어주려 했다. 살다 살다 고양이들을 위해 오두막까지 짓게 될 줄은 꿈에도 몰랐지만 고민 끝에 내린 결정이었다.

하지만 오두막 공사가 한창이던 시기에 들개들이 다시금 침입했고 나는 오두막의 집문서를 아몽이가 아닌 오대오와 먹꼬에게 주기로 결심했다. 이런 나의 결심을 알아준 것인지 오대오와 먹꼬는 이틀 동안의 방황 끝에 다시 마당에 와주었고 그때부터 새벽 내내 홈캠을 확인하며 또 들개가 나타나는지 감시하는 것이 일상이 되었다. 그 후로도 들개는 또 다시 나타났지만 빗자루를 들고 뛰어나가 크게 소리를 질렀더니 녀석들은 꽁지 빠지게 도망갔다. 사람을 무서워하는지 이 집에 사람이 산다는 걸 알고 난 후 들개들은 더 이상 들어오지 않았다.

완성된 오두막과 캣티오

한 달 동안의 공사 끝에 실내 공간인 오두막과 실외 공간인 캣티오까지 완성되었다. 하지만 녀석들이 과연 내 마음처럼 집에 들어가줄까 걱정이 되기 시작했다. 길에서 생활한 고양이들은 어떤 상황에서도 항상 도망칠 곳이 확보가 되어야 하기에 사방이 막힌 공간은 기피하는 경우가 많기 때문이다.

두근대는 마음으로 오대오와 먹꼬에게 오두막 문을 열어줬다. 그러자 믿을 수 없는 일이 일어났다. 두 녀석은 자연스럽게 입장하더니 마치 분양받은 집을 둘러보듯 구석구석 살피고는 마음에 드는 자리에 눕는 게 아닌가.

'너네 정말 동네 고양이 맞니?'

동네 고양이로 보기엔 상당히 의심스러운 녀석들의 행동이 수상하면서도 한편으로는 오두막을 잘 써줘서 고마웠다. 내 의도대로 오대오와 먹꼬는 밤마다 오두막에 들어가 집냥이처럼 꿀잠을 잤고, 낮에는 동네를 돌아다니며 자유로운 동네 고양이 생활을 만끽했다. 비록 내 통장은 '텅장'이 되어갔지만 녀석들이 안전하게 지내는 모습을 보니 명품백 부럽지 않은 지출이 아니었나 싶다.

오두막이 지어진 지 반년이 지난 지금도 오대오와 먹꼬는 밖에서 놀다가도 해가 질 때쯤이면 오두막으로 퇴근한다. 겨울에는 추울까 봐 전기 장판을 깔아주고 여름에는 더울까 봐 에어컨도 켜주는 등 돌아가신 엄마가 이 꼴을 봤으면 등짝 스매싱을 날리지 않았을까 싶을 정도로 내 자식처럼 돌보게 되었다. 어떻게 보면

드득, 드득,
재미난 놀이 중인
아재들

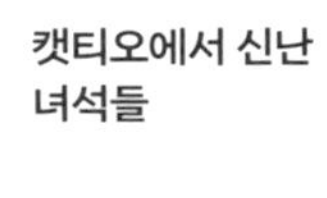
캣티오에서 신난
녀석들

이 동네 고양이들 중에 오대오와 먹꼬가 가장 성공한 묘생이 아닐까 싶다. 도시에서는 이웃들의 눈치를 보며 밥만 겨우 챙겨주다가 제주도에 내려와서는 마당에 고양이 오두막을 짓고 동네 고양이들의 복지까지 챙겨주고 있으니, 난 도대체 전생에 어떤 삶을 살았던 것일까….

10.
22마리 고양이들의 집사이자 유튜버의 루틴을 아시나이까

매일 아침 6시, 알람이 울리면 눈이 번쩍 떠진다. 월급을 받아야 하는 회사원도 아닌데 말이다. 그럼 주섬주섬 이불 정리를 하고 본채 고양이들 점검에 나선다. 아이들 하나하나 인사하며 아침 컨디션을 확인한다. 혹시나 밤 사이 구토를 하진 않았는지, 고양이들이 밤에 생산한 감자의 크기는 괜찮은지, 맛동산의 단단함 정도는 어떤지 관찰한다. 다묘가정 13년 차가 되면 이제 감자와 맛동산 모양만 봐도 누구의 것인지 감이 온다.

직장이 없는 백수이긴 하나, 나의 또 다른 직업은 유튜버 아니겠는가. 본채 식구들의 밥그릇에 사료를 부어주고 물그릇에 신선한 물을 채워주고 나면 출근 가방 대신 카메라를 들고 마당으로

늘어지게 자는 본채 가족들

나간다.

지난 밤에 가득 부어준 마당 손님들의 밥그릇이 텅텅 비어 있을 때마다 얼마나 흐뭇한지 모른다. 든든하게 먹고 배 두들기며 갔을 녀석들을 생각하면 흐뭇한 것이 영락없는 냥호구인 것도 같고…. 그럼 오두막에서 밤을 보낸 오대오와 먹꼬를 마당에 풀어주고 녀석들의 볼살을 마구마구 주무르며 애정 표현을 해준다. 야생에 사는 고양이들은 표정이나 행동이 집냥이들과 달라서 관찰하는 재미가 상당하다. 동네에서는 깡패 고양이지만 집사에게는 한없이 나약한 존재들인 이 귀엽고 어설픈 녀석들의 모습들을 습관처럼 카메라에 담는다.

마당을 치우고 나면 이제 별채로 입장한다. 이 별채로 말할 것 같으면 꽤 많은 애정이 들어간 곳이다. 그저 고양이만을 위한 공간이 아닌 털복숭이들과 베베집사를 위한 제2의 러브하우스다. 자칫하면 고양이 쉼터가 될 수 있고, 그럼 나는 그저 밥 주고 청소만 하고 별채를 나설 것 같았다. 예민하고 똑똑한 고양이들을 반려한다는 것은 먹고자는 것만을 책임지는 게 아닌 고양이들의 기분과 건강 상태 등도 살필 필요가 있다. 그렇기에 이전에 공방으로 꾸미려 구입했던 엔틱 가구들(물론 아이들에게는 그저 스크래쳐일 뿐지만….)과 나의 살림살이도 채워넣었다.

애정 듬뿍 담긴 별채로 등장하는 순간이면 마치 내가 대스타가 된 듯한 기분이 든다. 별채 가족들이 반갑다고 뚱땅뚱땅 달려오는데, 똥강아지들 이름을 하나하나 불러주며 잘 잤냐고 눈 마주치며 인사를 한다. 고작 6시간 헤어졌을 뿐인데 이렇게 반가워하는 녀석들 엉덩이를 토닥토닥 두들기고 주무르며 나 또한 사심을 채우는 시간을 보낸다.

별채 식구들에게도 사료를 주면 다 같이 모여서 '까드득 까드득' 소리 내며 신나게 밥을 먹는다. 그럼 집사는 그동안 맛동산과

감자 수확을 시작한다. 화장실 청소가 끝나면 청소기를 들고 거실로 나와 아이들이 뛰어놀았던 현장을 수습하고 바닥에 떨어진 털들을 청소한다.

한바탕 청소를 끝낸 뒤 땀을 식히려고 거실 바닥에 앉으면 예쁨을 받기 위해 고양이들이 모여든다. 한 마리는 무릎 위에, 한 마리는 다리 앞에, 또 한 마리는 등 뒤에. 서로 먼저 만져달라고 매력 어필을 하기 시작한다. 아이들을 예뻐하는 장면과 아이들끼리 장난치고 노는 모습들을 카메라에 담아두고 그렇게 한동안 거실 바닥에 앉아 있으면 아이들도 흥분을 가라앉히고 원래의 편안한 텐션으로 돌아간다. 그러고는 조용히 아이들의 행동을 관찰한다. 누가 콧물이 나진 않는지, 기침을 하진 않는지, 기력이 없진 않은지 등등. 이렇듯 아이들의 컨디션을 관찰하며 별채에서 오전 시간을 보낸다.

그렇게 오전 시간을 별채 가족들과 보낸 후 오후에는 본채로 돌아온다. 하지만 돌아오는 중간에 마음을 단단히 먹어야 한다. 가끔은 오대오가 선물이라며 뱀도 잡아 오고, 작은 쥐도 잡아오기 때문이다. 시골 고양이의 선물 공세에 놀라면 안 된다.

본채로 돌아오면 영상을 편집할 준비를 한다. 촬영했던 영상들을 외장하드에 백업하고, 핸드폰으로 촬영했던 영상들도 날짜별로 폴더를 만들어 백업을 해둔다. 파일 용량이 워낙에 커서 복사하는 시간 동안 허기짐을 달랠 만한 빵이나 과자들과 모닝 커피를 준비한다. 편집할 수 있도록 셋팅이 완료되면 그때부터는 책상에 앉아 오로지 편집에만 집중을 한다. 나의 일과 중 고양이를 돌보는 것을 제외하고, 단연 1순위는 영상 편집이다. 1일 1영상을 올리는 것은 구독자들과의 약속이기도 하지만 백수인 내가 늘어지지 않고 긴장된 상태를 유지할 수 있는 길이기도 하기 때문에.

보통 오전 10시부터 영상 편집을 시작한다. 처음 1시간 동안은 클립들을 고르고 영상의 큰 맥락을 생각하며 순서를 정하고 컷 편집을 한다. 컷편집을 하는 동안에도 이 장면에서는 이런 자막을 써야겠다는 생각에 몰입한다. 다음 순서는 그렇게 만들어진 하나의 영상에 조미료를 치는 것이다. 사실 영상 편집에서 제일 공이

이 책에서 유일하게 허락된 베베집사의 지분

많이 들고 하기 싫은 게 무엇이냐고 묻는다면 '자막 입히는 과정'이라고 자신 있게 말할 수 있다.

자막 넣기란 영상을 찍을 때 내가 무슨 생각을 했는지를 떠올려야 하고 그에 맞는 적절한 표현과 실소를 자아낼 수 있는 드립력이 필요해 많은 창의력을 발휘해야 하는 작업이라고 할 수 있겠다. 이렇게 10분에서 15분 정도 길이의 영상을 만드는 데 소요되는 시간은 총 4시간. 그래도 왕년에 디자이너 출신이라고 툴 다루는 속도가 빠른 편이다.

〈털복숭이들과 베베집사〉의 영상은 대부분 고양이들 위주로 촬영된다. 가끔 내가 등장을 하기도 하지만 고양이들의 하루를 담는 것만으로도 쓸 영상이 넘치기 때문에 집사는 뒤로 빠져 있는다. 그래도 간혹 지인들이나 구독자들은 베베집사, '나'는 뭘 먹고 지내는지, 나의 일상을 궁금해하시기도 한다.

난 보통 오전에는 간단하게 빵이나 과자를 먹고, 편집을 마친 오후 2시쯤이 되면 거하게 한 끼를 먹는다. 배 터지게 식사를 하고 밀린 유튜브를 보거나 넷플릭스를 보며 소파에서 휴식을 취한다. 그때가 사실 제일 행복해야 할 시간이겠지만… 이상하게도 나의 엉덩이는 자꾸 들썩거리며 자꾸만 뭘 정리하고 치우고 있다. 소화가 어느 정도 되면 다시 책상에 앉아 영상의 썸네일 작업을 하는데 이미지 한 장 작업하는 이 시간이 나에게는 제일 고통스럽다. 썸네일 하나로 내가 공들여 만든 영상이 관심을 받을 수도 있

제주도 털복숭이들과
베베집사의 러브 하우스

고 아닐 수도 있기에.

여러 장의 후보군까지 작업을 해놓고 편집이 완료된 영상을 유튜브 채널에 업로드 한다. 업로드 하는 과정에도 꽤 여러 단계가 있는데 굉장히 어려운 것 중 하나는 바로 제목 짓는 순간이다. 썸네일을 올려놓고 그에 맞는 제목을 지어야 하는데 이 과정에서 내가 쓰고 싶은 제목과 남들이 봤을 때 이해하기 쉬운 제목을 두고 늘 갈등하곤 한다. 유튜브의 영상은 늘 새로운 시청자가 볼 수 있다는 가능성을 열어놓고 만들어야 하기에 제목에서도 시리즈 느낌이 나지 않아야 한다.

그래서 결국 심심한 제목을 짓곤 한다. 이렇게 준비가 되면 드디어 그날의 영상이 업로드 된다. 하지만 이걸로 끝이 아니다. 보통 2시간 동안은 실시간 모니터링을 하면서 노출 클릭률이 평소보다 낮다 싶으면 썸네일도 바꿔보고 제목도 바꾸는 등 바로바로 대응을 한다. 처음에는 이렇게까지 해야 하나 싶었지만 실제로 썸네일만 바꿨을 뿐인데 클릭률이 높아져서 심폐소생에 성공한 영상들도 많았다. 하루의 영상을 올린 뒤 동네를 산책하거나 카페에 가거나 마트에 가서 장을 보는 등 그때그때 하고 싶은 것을 하며 시간을 보낸다.

저녁 8시가 되면 밖에서 노느라 정신없는 오대오와 먹꼬를 부른다. 밭이나 옆집에서 놀다가도 내가 부르는 소리에 신이 나서 달려오는 오대오와 먹꼬를 오두막으로 퇴근시키면 마당 손님들이 하나둘 나타난다. 밤마다 찾아오는 단골 손님들을 위해 특식을 내어주고 말도 걸어주고 엉덩이도 두들겨주다가 별채에 들어가 밥그릇에 사료를 채우고 화장실 청소를 한다.

가끔 늘 같은 일과를 반복하면 지겹지 않냐고 물어보시기도 한다. 하지만 손길을 허락하지 않던 아이가 변하는 모습과 앙상하게 말랐던 아이가 포동해지는 모습을 보는 것은 결코 지겨울 수

옥견이는 저녁 식사 손님이다.
옥견이와의 동네 산책이 흥겨워 바지가 흩날린다

없다. 이 아이들은 내 행동의 결실이기에 하루를 허투루 보내지 않게 하는 원동력이기도 하다.

이 글을 쓰는 도중에도 옆에는 마일로가, 창밖에는 오대오와 먹꼬가 편안히 자는 모습을 보니 이것이야말로 제주도 시골 라이프의 갓생을 사는 게 아닐까 싶다.

푸짐한 먹꼬는 어디서든 잘 잔다.
아무래도 먹꼬도 행복한 묘생을 즐기는 듯하다

11.
제주도에 온 지 1년, 새로운 묘연과 아름다운 이별

엄마를 만나러 간 레아의 이야기

반려동물과의 만남 뒤에는 꼭 이별이 따른다. 나 또한 지금까지 두 번의 이별을 겪었고 그럴 때마다 세상이 무너지는 슬픔을 겪는다. 제주도에 온 지도 1년여. 서울이고 제주고 늘 환절기가 되면 고양이들이 하나둘씩 말썽이다. 특히나 본채에 사는 아이들은 대체로 10살이 넘어 환절기만 되면 골골대기 시작한다. 그리고 겨울이 끝나가던 지난해, 평소 건강하던 레아가 갑자기 콧물을 흘리고 재채기를 하기 시작했다.

하지만 내가 아이들과 사는 곳은 제주도에서도 변두리 작은 마을이다. 병원에 한 번 가려면 차로 30분은 이동해야 한다. 고양이들은 이동 스트레스가 크기 때문에, 아프다고 해서 무턱대고 병원에 데려가기보다는 하루 정도 집에 있는 상비약을 먹이며 지켜본다. 그러다 증세가 심해지면 병원을 가는 편이다.

하지만 레아는 체구가 워낙 작아 조금만 아파도 숨을 쉬는 것조차 힘들어 보이곤 한다. 그래서 결국 아픈 레아를 데리고 병원에 가 약을 처방받아 왔다. 역시나 허피스 증상이었다. 코가 막혀 숨쉬기 힘드니 가습기를 주변에 틀어주고, 수시로 콧물을 닦아주고, 식욕이 없는 듯하여 입에 맞는 캔을 수시로 갖다바쳤다. 일주일의 정성이 먹힌 것일까. 드디어 레아의 콧물이 멈추고 식욕도 돌아왔다.

하지만 내 눈에는 레아의 몸이 이상해 보였다. 옆으로 불룩해진 배를 보니 이것은 많이 먹어서 살이 찐 게 아닌 듯했다. 얼마 지나지 않아 레아가 숨을 점점 크게 쉬기 시작했고 갑자기 옆으로 누워 헐떡거렸다. 지체 없이 병원으로 향했다. 살펴보니 열흘 전만 해도 그저 감기였던 레아의 몸 안에 물이 가득 차있었다. 폐와 복수에 물이 차서 숨이 찼던 것이다. 선생님은 아무래도 레아가 나이도 많고 페르시안이라는 품종의 특성상 심장병이 발병한 것이라고 하셨다.

심장병… 정말 피하고 싶었던 병이다. 원래대로라면 입원하여 흉수와 복수를 천천히 빼야 하는데 레아에게는 시간이 없었다. 결국 그 작은 몸에 바늘을 찔러 흉수와 복수를 주사기로 빼낼 수

밖에 없었다. 기특하게도 레아는 잘 참아주었고 선생님께서는 약을 지어주긴 하겠지만 레아의 몸 상태는 긴 시간을 장담할 수 없다고 하셨다. 집에 돌아온 레아는 이제 숨 쉬는 게 편해졌는지 좋아하는 자리에서 못 잤던 잠을 몰아 잤다. 이후 매일매일 약을 먹이고 좋아하는 걸 먹였더니 기특하게도 레아의 작은 심장이 힘을 내주어 조금 더 시간을 쌓아갈 수 있었다.

레아는 잠시지만 컨디션을 회복했고 타이밍이 맞아, 고인이 되신 전 집사님의 동생 분이 집에 방문해 레아와 토르를 만났다. 레아가 큰 고비를 넘기고 삼촌을 만나게 된 것이 얼마나 다행이었는지 모른다. 동생 분도 레아 토르랑 함께 살았던 터라 그리우셨는지 보자마자 눈물을 글썽이셨고 레아도 마지막이 될지 모를 인사를 나누었다.

유난히 더웠던 8월, 이뇨제를 버티지 못한 레아의 신장은 결국 힘을 잃어갔다. 나는 레아를 더는 괴롭히지 않고 함께 시간을 보내기로 결정했다. 그렇게 집에서 아픈 레아를 안고 있자니 랭이를 떠나 보냈던 시간이 다시 떠올랐다. 그래서 나는 랭이 때와 같이 우리에겐 3일 정도의 시간이 주어질 줄 알았다. 하지만 레아는 하늘에 있는 엄마가 그리웠는지 병원을 다녀왔던 그날 저녁에 고요하고 고통 없는 예쁜 모습으로 마지막 숨을 내뱉고 긴 여행을 떠났다. 하늘에서 기다리고 있는 엄마의 품으로. 레아를 더이상 볼 수 없다는 건 슬픈 일이지만 하늘에서 엄마를 만나 그동안 밀

레아와 인사하는 토르

렸던 수다를 그 귀여운 목소리로 쫑알거린다 상상하니 피식 웃음이 나기도 한다.

레아가 엄마를 만나러 가는 길, 꽃길이 펼쳐지기를 바라는 마음에 다음 날 꽃집에 들러 꽃다발을 샀다. 그러고는 예쁜 바구니에 레아를 눕히고 꽃으로 레아를 예쁘게 꾸며주었다. 마당에서 콧바람 쐬는 걸 좋아하던 아이여서 꽃바구니에 곤히 잠든 레아를 안고 한참 햇볕을 쬐었다. 그리고 그 순간을 필름 사진으로도 남겼다. 세상에 한 장밖에 없는 레아와의 순간. 토르도 잠만 자는 누나가 이상했는지 바구니 앞에서 한참을 앉아 있었다. 평소 살가운 남매는 아니었지만 같이 살았던 시간이 길었기에 낯설긴 했나 보다. 레아는 그렇게 꽃가마를 타고 하늘에서 먼저 기다리고 있는 엄마의 곁으로 가게 되었다. 고양이들 중에 제일 작았던 레아였지만 빈자리는 그 누구보다 컸다.

처음이자 마지막으로 보여준 바다, 앙꼬의 이야기

레아가 떠나고 2주쯤 흘렀을까, 늘 컨디션 최강이었던 앙꼬가 밥을 먹지 않았다. 평소 밥대장으로 불릴 만큼 식탐이 강한 앙꼬가 밥은 보는 둥 마는 둥하고 물만 마시는 게 너무 이상했다. 혹시나 변비가 심해졌나 장 마사지를 해서 변을 빼주기도 했지만 컨디션은 돌아오지 않았다. 다음 날 병원으로 향해 혈액검사를 하고 결과가 나오자 수의사 선생님은 긴 한숨을 쉬신다. 앙꼬의 결과표는 온통 빨간색 글씨로 비상 사태임을 알리고 있었다.

불과 하루 전만 해도 말짱해 보였던 앙꼬에게 무슨 일이 있던 걸까…. 앙꼬는 몇 년 전에도 큰 고비를 이겨냈던 강한 아이라 이번에도 나을 거라 믿고 입원을 시켰다. 매일 아침마다 면회를 갈 때마다 앙꼬는 우렁차게 울었지만 식욕은 돌아오지 않았다. 앙꼬의 뚜렷한 눈을 보며 난 이번에도 우리 앙꼬가 이겨낼 줄 알았다.

입원 3일 때 되던 날 아침에 앙꼬의 면회를 끝마치고 평소처럼 편집을 하고 있었다. 그러던 중 갑자기 전화가 울렸고 무언가 잘못되었음을 알았다. 병원에서 온 전화였다. 급한 목소리로 빨리 오라는 말에 심장이 미친듯이 뛰기 시작했다. 병원까지는 30분이나 걸리는데 무슨 정신으로 운전을 했는지 모르겠다. 쿵쾅대는 심장을 겨우 진정시키며 병원으로 들어서자 진찰대에서 힘겹게 숨을 쉬고 있는 앙꼬의 얼굴이 보였다. 절망적이었다.

아침에는 내 말에 대답해주던 녀석이 겨우겨우 숨만 붙어 있다니. 앙꼬를 껴안자마자 나온 건 기다려줘서 고맙다는 말이었다. 앙꼬가 병원에서 떠났다면 난 평생을 후회했을 것이다. 앙꼬를 집에 데려가겠다고 했더니 수의사 선생님께서 조금이라도 아프지 말라며 진통제를 놔주셨다. 앙꼬를 보조석에 눕히고 최대한 조심히 집으로 향했다. 중간중간 한 손으로 앙꼬의 발을 주무르며 조금만 참아달라고 애원했다.

얼마나 갔을까. 잠시 멈추었다. 힘들어하는 앙꼬에게 해줄 수 있는 건 지금 당장 멈춰서는 것뿐이었다. 공터에 차를 세우고 앙꼬를 토닥이며 사랑한다고 계속 말해주었다. 더 미리 알아채지 못해서 미안하다며 앙꼬는 엄마에게 최고의 고양이였다고 말하자 앙꼬는 크게 숨을 쉬고는 그렇게 고양이 별로 여행을 떠났다.

오후 5시 35분. 유리창 밖으로 해가 넘어가며 빨갛게 노을이 지고 있었다. 그 순간 앙꼬에게 바다를 보여주고 싶었다. 뚝뚝 흐르는 눈물을 훔치며 집 근처 바닷가로 향했다. 도착했을 때 바다는 황금빛으로 물 들고 있었고 반짝반짝 빛나는 윤슬이 앙꼬의 여행길을 환하게 비춰줄 것만 같았다. 아직 다 감지 못한 앙꼬의 눈에 바다를 담아주었다. 나는 앙꼬를 안고 바닥에 앉아서 둘만의 시간을 가졌다. 그 순간 우리 사이에는 파도 소리만 가득했다. 점점 감기는 앙꼬의 눈에 충분히 바다를 담을 때쯤 해가 지고 어둠이 오기 시작했다.

아팠던 앙꼬와 시간을 더 보내고 싶어서 제주도에 왔고, 1년이 넘은 시간 동안 매일 24시간 함께하며 앙꼬에게 원없이 사랑을 줄 수 있었다. 앙꼬의 마지막 순간에 바다를 보여줄 수 있어, 제주도로 온 것이 다행이라고 생각했다. 집으로 돌아와 앙꼬를 마지막으로 따뜻한 물에 눕혔다. 목욕할 때마다 우렁차게 울어대던 앙꼬가 조용한 것이 얼마나 어색하던지…. 입원 생활로 더러워진 털

레아가 떠나던
날의 하늘은
몹시도 맑다

앙꼬와 마지막
바다를 보았다

들을 깨끗하게 씻기고 드라이기로 뽀송하게 말려 곱게 빗질을 끝내고 나니 앙꼬가 다시 눈을 뜰 것만 같았다. 하지만 목욕할 때면 우렁차게 울던 우리 앙꼬가 조용한 것을 보니 그런 일은 일어나지 않을 것임을 알았다. 왕자님처럼 뽀얀 앙꼬를 꽃바구니에 눕히고 아이들과 마지막 인사를 나눌 수 있게 해줬다.

그렇게 레아를 보내고 얼마 안 되어 다시 이별을 했다. 그것도 가장 아픈 손가락이었던 앙꼬와. 앙꼬는 착하고 애교 많은 고양이었지만 늘 장 마사지로 압박 배변을 해줘야 하고, 소변 실수도 잦고, 구토도 자주 하는 손이 많이 가는 고양이었다. 앙꼬가 떠난 후 일상은 한결 수월해지고 할 일이 줄어서 편해지긴 했다. 하지만 '매일 뒤치다꺼리를 해도 좋으니 앙꼬와 다시 대화할 수 있으면 얼마나 좋을까….' 생각한다. 오늘도 여전히 집안을 가득 채우던 앙꼬의 우렁찬 목소리가 늘 그립기만 하다.

그럼에도 베베식당은 연중무휴입니다

레아와 앙꼬를 보내고 나니 이제 꼬박 네 번의 이별을 겪은 셈이다. 이것은 절대 익숙해지지 않는 일인 것 같다. 언젠가 사람이 죽었을 때 반려했던 동물들이 마중을 나온다는 글을 본 적이 있다. 고양이 별, 무지개 동산이란 것은 반려동물을 떠나보낸 사람들을 위로하기 위해서 만든 허구일 수도 있다.

그러나 허구인들 어떠한가. 나는 고양이 별에서 뛰어놀고 사고 치는 우리 아이들의 모습을 상상할 때면 이별의 슬픔보다는 지난날 봐왔던 아이들의 습관과 행동들이 떠올라 미소 짓게 되는데. 내가 이별의 고통을 견딜 수 있는 방법은 행복한 상상뿐이다. 아마도 우리가 다시 만나면 서로 꼭 껴안고 그동안 밀린 수다를 떠느라 몇 날 밤을 지새우겠지. 내가 많은 고양이들을 만나고 헤어질 때마다 오로지 이 순간만을 상상하며 버틴다. 이 책을 읽는 누군가도 별이 된 아이와의 헤어짐이 아파 매일 슬퍼하고 있을 수도 있다. 그런 이가 앞에 있다면 난 아무것도 아니지만, 조심스레 이제는 조금씩 행복한 생각을 해도 되지 않겠냐 말해주고 싶다. 우린 꼭 다시 만날 테니까.

평생 도시에서 살다가 제주도라는 미지의 공간으로 넘어온 나에게 반갑다며 찾아와준 22마리의 고양이들이 있다. 이 손님들은 봄이면 꽃밭에서 나비를 잡고, 여름이면 큰 나무 그림자 아래서 벌러덩 누워 잠든다. 가을이면 억새밭 가운데서 사색에 잠기고, 겨울이면 하얀 눈밭을 밟으며 발을 동동 구른다. 이 모든 순간들은 마치 지브리 애니메이션에나 나올 법한 장면들 같다. 제주도 시골에서 함께 살아가는 고양이들의 삶은 이토록 아름답다.

도시에서 살았으면 평생 겪어보지도 못할 이 소중한 순간들을 경험하게 해준 나의 고마운 고양이들. 내 인생은 게임으로 가득찰 것이라고 다짐했던 그 마음은 이제 흔적조차 남지 않았다. 앞으로의 내 인생은 고양이로 가득 차지 않을까 조심스레 추측해 본다.

이토록 아름다운 추억을 선물해준 털복숭이들 손님들에게 마지막으로 한마디 남기려 한다. 열렬한 성원에 감사하며 베베집사의 베베식당은 365일 연중무휴로 열릴 것이라고. 배고픔에 지친 고양이 손님들이라면 찾아와 맛있게 먹고 배를 두들기며 가시길 바란다. 까다로운 손님들 입맛에 맞는 일급 요리를 준비하겠다, 라고는 장담하지 못하더라도, 식당 주인으로서의 최선을 다할 테다. 대문 밖에 동네 고양이들이 오픈런을 하는 그날까지 난 오늘도 밥그릇을 두둑이 채운다.

제주도의 봄

제주도의 여름

제주도의 가을

제주도의 겨울

고냉이 털 날리는 제주도로 혼저옵서예

초판 1쇄 발행 2025년 3월 17일
초판 2쇄 발행 2025년 4월 1일

지은이 베베집사
펴낸이 유정연

이사 김귀분
책임편집 서옥수 **기획편집** 신성식 조현주 유리슬아 황서연 정유진 **디자인** 안수진 기경란
마케팅 반지영 박중혁 하유정 **제작** 임정호 **경영지원** 박소영

펴낸곳 흐름출판(주) **출판등록** 제313-2003-199호(2003년 5월 28일)
주소 서울시 마포구 월드컵북로5길 48-9(서교동)
전화 (02)325-4944 **팩스** (02)325-4945 **이메일** book@hbooks.co.kr
홈페이지 http://www.hbooks.co.kr **블로그** blog.naver.com/nextwave7
출력·인쇄·제본 (주)삼광프린팅 **용지** 월드페이퍼(주) **후가공** (주)이지앤비(특허 제10-1081185호)

ISBN 978-89-6596-702-6 03810